KB140429

제주어에 의한
# 제주창작민요
1집

시와실천 실천총서 033

# 제주어에 의한 제주창작민요 1집

실천총서 033

---

초판 1쇄 발행 | 2022년 9월 5일

지 은 이 | 오안일
발 행 인 | 오안일
펴 낸 곳 | 도서출판 시와실천
엮 은 이 | 장한라
디자인실장 | 한화금
표지디자인 | 디자인포인트
등록번호 | 제2018-000042호
등록일자 | 2018년 11월 27일
편 집 실 | 서울특별시 중구 충무로 7-1
전    화 | 064) 752-8727
전자우편 | jhla22@daum.net

ⓒ오안일, 2022

ISBN  979-11-90137-70-6 (03810)

값 10,000원

* 이 책은 제주특별자치도, 제주문화예술재단의 2022년도 문화예술지원사업의
  후원을 받아 발간되었습니다.

* 이 책의 판권은 지은이와 도서출판 시와실천에 있습니다.
  이 책 내용의 전부 또는 일부를 재사용하려면 반드시 양측의 서면동의를 받아야 합니다.

* 이 도서의 국립중앙도서관 출판도서목록은 서지정보유통지원시스템 홈페이지
  (http://seoji.nl.go.kr)와 국가자료공동목록시스템 (http://www.nl.go.kr/
  kolisnet)에서 이용하실 수 있습니다.

* 잘못 만들어진 책은 구입처에서 교환해 드립니다.

제주어에 의한

# 제주창작민요

## 1집

오안일

# 제주어에 의한 제주창작민요 1집

이 책은 제주어로 된 창작 민요집입니다. 왜 제주어를 강조해서 썼느냐 하면 제주어를 쓰게 되면 글자가 대략 2,000개가 늘어나고 어휘까지 하면 대략 1만 5천 개 이상 됩니다. 1만 5천 개 이상의 어휘를 사용하게 되면 세계 어느 나라 말도 능숙하게 잘하게 되고 모든 생각을 다 말할 수 있게 됩니다.

제주 사람들은 어느 지방에 가서나 다른 나라에 가서도 그 지역의 언어에 빨리 익숙하고 정확해지는 사실을 볼 때 많은 어휘를 활용했기 때문이라는 사실을 알게 해 줍니다.

제주어는 제주에서만 쓰는 촌스러운 언어가 아니고 더욱 사용하고 발전하여 우리나라 언어 향상에 이바지할 문자요 말입니다. 그래서 제주어로 창작 민요를 만들어 보급함으로써 생활에 즐거움과 교훈을 주고 미래를 열어 갈 새로운 희망과 시련을 극복하는 노래로 생활화하려는 데서 이 책을 쓰고 출판하게 되었습니다.

이 책을 통해서 어휘 능력 향상에 기여하고 제주어 보급과 활용하는 길잡이 책이 되었으면 하는 바람입니다.

 이 책이 출간되기까지 지원해 주신 제주문화예술재단 이사장님, 관계자 여러분, 시평을 해 주신 박현솔 평론가님, 그리고 편집 디자인을 맡아주신 도서출판 시와실천 편집 실장님께 깊은 감사를 드립니다.

 앞으로도 제주인의 삶과 문화가 고스란히 녹아있는 제주어에 대한 지대한 관심과 성원으로 제주어가 발전되고 보급되기를 바라마지 않습니다.

감사합니다.


2022년 9월 1일


著者 백두 오 안 일

■ 차 례

# 제 1 부
## 저 바당은 친정 어멍 집이여

# 제 2 부
## 제주말 ᄀ라사 ᄒᆞᆫ다

제 3 부

괴는 것도 훈도가 있저

# 제 4 부
## 양팬 말 들어 봐사

## 제 5 부
## 튼네멍 행동ᄒ라

■□ 해설 | 제주 창작민요 속에 내포된 알레고리

_박현솔(시인, 문학박사)

# 제 1 부

저 바당은 친정 어멍 집이여

# 와리지 말라

급ᄒᆞ댕 와리민 어떤 ᄒᆞ느니
실을 바ᄂᆞ 준동이에 졸라매영 바ᄂᆞ질 해지멍
놀낭에 화승불로 불붙여지느냐
아명 급ᄒᆞ댕 해여도 와리지 마랑 ᄒᆞ라
아명 급ᄒᆞ댕 해여도 앞뒤를 생각 ᄒᆞ멍 해여사 ᄒᆞ다

급ᄒᆞ댕 와리민 어떤 ᄒᆞ느니
늙어으네 ᄉᆞ지샘 들어사 와리지 안 해지느네
아명 해도 젊은 때는 와려지느네
와리민 ᄉᆞ태가 일어난다 와리지 말라
아명 급ᄒᆞ댕 해여도 앞뒤를 생각 ᄒᆞ멍 해어사 ᄒᆞ다

# 조급하지 마라

급하다고 조급하면 어떻게 하느냐
실을 바늘허리에 동여매고 바느질해지며
마르지 않은 나무에 화승 불로 불붙여지느냐
아무리 급하다고 하여도 조급하지 말고 하라
아무리 급하다고 하여도 앞뒤를 생각하며 하여야 한다

급하다고 조급하면 어떻게 하느냐
늙어서 느긋한 마음 들어야 조급하지 않는다
아무리 해도 젊은 때는 조급해진다
조급하면 사태가 일어난다 조급하지 마라
아무리 조급한다고 하여도 앞뒤를 생각하며 하여야 한다

*화승 : 억새꽃에 칡으로 줄같이 동여매고 불을 붙이면 다 타도록
　　　꺼지지 않은 불.

# 가늠 못해서

살쟁ᄒ민 가늠ᄒ멍 살아사 ᄒ는디
가늠ᄒ지 못 해영 물에 빠지곡
보름에 놀아 가곡 빚 제왕 돌아나느네
사름이 가늠해영 대비ᄒ멍 살아사 ᄒ다
무조건ᄒ곡 대여들당 망ᄒ곡 죽느네

살쟁ᄒ민 가늠ᄒ멍 살아사 ᄒ는디
가늠ᄒ지 못 해영 수업ᄒ당에
망ᄒ곡 ᄌ동차 ᄉ고낭 죽어브리느네
무시거라도 가늠ᄒ멍 살지 않으민 되카
무조건ᄒ곡 덤벼들당 망ᄒ곡 죽느네

# 가늠 못해서

살려고 하면 가늠하면서 살아야 하는데
가늠하지 못해서 물에 빠지고
바람에 날아가고 빚에 쪼들려 달아나고
사람은 가늠하면서 대비하면서 살아야 한다
무조건하고 덤벼들다가 망하고 죽는다

살려고 하면 가늠하면서 살아야 하는데
가늠하지 못해서 사업하다가
망하고 자동차 사고 나서 죽어간다
무엇이라도 가늠하면서 살아가지 않으면 될까
무조건하고 덤벼들다가 망하고 죽는다

# 먹은 값 ᄒ라

강생이도 먹은 값 ᄒ는디 사름이 먹은 값 못 ᄒ민 되느냐
돈 있쟁 놀멍 먹으민 할락산이 돈이라도 다 ᄉ라진다
벌멍 먹곡 놀지마랑 살암 시민 ᄒ 세상 살아진다
놀쟁 ᄒ민 ᄒ이 ᄒ천 업곡 쓰쟁 ᄒ민 ᄒ천업나
먹은 값 ᄒ멍 살아사 ᄒ다

강생이도 먹은 값ᄒ는디 느네덜 먹은 값 못 ᄒ민 될거냐
놀아나민 버릇 되엉 놀구쟁만 ᄒ곡 돈쓰레 댕겨진다
누겐들 일 ᄒ구쟁 ᄒ느니 잘 살아보쟁 해엄 시네
놀쟁 ᄒ민 ᄒ이 ᄒ천 업곡 쓰쟁ᄒ민 ᄒ천 업나
먹은 값 ᄒ멍 살아사 ᄒ다

# 먹은 값하라

강아지도 먹은 값 하는데 사람이 먹은 값 못하면 되느냐
돈 있다고 놀면서 먹으면 한라산이 돈이라도 사라진다
벌이하면서 먹고 놀지 말고 살고 있으면 한세상 살아진다
놀려고 하면 한계 끝이 없고 쓰려고 하면 끝이 없다
먹은 값하면서 살아야 한다

강아지도 먹은 값을 하는데 너희들 먹은 값 못하면 되느냐
놀아나면 버릇이 되어서 놀려고만 하고 돈 쓰려고
다녀진다
누군들 일하고자 하느냐 잘살아보려고 하고 있네
놀려고 하면 한계 끝이 없고 쓰려고 해도 끝이 없다.
먹은 값하면서 살아야 한다.

# 사름이 나사 혼다

돈보다 사름이 문저여 사름이 나사 돈이 난다
사름 어신디 돈이 낭 사름나지 못 혼다
경혼디 사름덜은 사름 나쟁 안 혼다
지네만 팬안 호쟁 혼다 다 망호쟁 작정들 해염져

돈보다 사름이 문져여 돈만 배리멍 살당 보민
사름은 어서정으네 망호 곡 스라진다
경혼디 사름덜은 돈만을 앞세 운다
돈만 앞 세우당 망 혼다 다 망호쟁 작정들 해염져

# 사람이 나야 한다

돈보다 사람이 먼저다 사람이 나야 돈이 난다
사람 없는데 돈이 나서 사람 나지 못한다
그런데 사람들은 사람 나려고 하지 않는다
자기네만 편안하려고 한다 다 망하려고 작정들 하고 있다

돈보다 사람이 먼저다 돈만 쳐다보며 살다 보면
사람은 없어져서 망하고 사라진다
그런데 사람들은 돈만 앞세운다
돈만 앞세우다가 망한다 다 망하려고 작정들하고 있다

# 생각ᄒᆞ멍 살아사

두령청 생각 ᄒᆞ지마랑 곧은 생각 해사 ᄒᆞᆫ다
두령청 생각 ᄒᆞ당으네 엉뚱ᄒᆞᆫ 일 일어 나ᄀᆞ
동드레 갈거 서르레 가진다
곧은 생각만 해영으네 허천 생각 ᄒᆞ지 말라
생각 잘 못 해영으네 망ᄒᆞᆨ 죽어 진다
생각 ᄒᆞ당 버치민 아는 사름안티 들으멍 살라

두령청 생각 ᄒᆞ지마랑 곧은 생각 해사 ᄒᆞᆫ다
두령청 생각 ᄒᆞ당으네 망ᄒᆞ는 일 생겨 나ᄀᆞ
살 드레 갈거 망홀 드레 간다
곧은 생각 가운디 사듯 곧은 생각 해사 ᄒᆞᆫ다
사름이 생각 잘 못 해영 신세 망처 분다
생각 ᄒᆞ당 버치민 아는 사름안티 들으멍 살라

# 생각하면서 살라

정신 빠진 생각 하지 말고 곧은 생각해야 한다
정신 빠진 생각 하다가 엉뚱한 일 일어나고
동쪽으로 갈 거 서쪽으로 가진다
곧은 생각하여서 허천 생각하지 말라
생각 잘못하여서 망하고 죽어진다
생각하다가 버거우면 아는 사람에게 물으면서 살라

정신 빠진 생각하지 말고 곧은 생각해야 한다
정신 빠진 생각하다가 망하는 일 생겨나고
살 곳으로 갈 거 망할 곳으로 간다
곧은 생각이 가운데 서듯 곧은 생각해야 한다
사람이 생각 잘못해서 신세 망치게 된다
생각하다가 버거우면 아는 사람에게 물으면서 살라

# 건강해사

아무거 앵ᄀ라도 건강이 최고다
건강ᄒ지 못 ᄒ민 돈 쓰래 댕기지 못 ᄒᄀ
놀래영 나상 댕기지 못 ᄒ다
건강ᄒ지 못ᄒ영 뱅들엉 누우민
아프기만 ᄒᄀ 먹지 못해영 더 아파진다

아무거 앵ᄀ라도 건강이 최고다
건강만 ᄒ민 맨날 일해영 돈도 벌어지ᄀ
조미지게 놀래도 댕겨진다
세상 사름 불행은 건강 못ᄒ 거여
뱅들민 아프ᄀ 먹지 못해영 더 아파진다

# 건강해야

아무 것이라고 말해도 건강이 최고다
건강하지 못하면 돈 쓰려도 다니지 못하고
놀러랑 나서서 다니지 못한다
건강하지 못해서 병들어 누우면
아프기만 하고 먹지 못해서 더 아파진다

아무 것이라고 말해도 건강이 최고다
건강만 하면 매일 일해서 돈도 벌어지고
재미있게 놀러도 다닌다
세상 사람 불행은 건강 못한 거라네
병들면 아프고 먹지 못해서 더 아파진다

# ᄉ랑 ᄒ라

사름은 ᄉ랑ᄒ멍 살아사 ᄒ느네
ᄉ랑홀 일어시민 궁금해영으네 시름시름 ᄌ자 간다
ᄉ랑ᄒ지 못 ᄒ민 지꺼지지 못ᄒᄀ 고독 뱅 들어간다
경ᄒ난 좋은 거 아무거라도 ᄉ랑 ᄒ멍 살아사 ᄒ다

사름은 ᄉ랑ᄒ멍 살아사 ᄒ느네
무시걸 ᄉ랑ᄒ는 것이 중요 ᄒ거여 돈 ᄉ랑ᄒ민
수전노되ᄀ
글을 ᄉ랑ᄒ민 큰선비가 되영으네 큰 박사 되여간다
경ᄒ난 좋은 거 아무거라도 ᄉ랑 ᄒ멍 살아사 ᄒ다

# 사랑하라

사람은 사랑하면서 살아야 하네
사랑할 일 없으면 궁금하여서 시름시름 말라 간다
사랑하지 못하면 기뻐지지 못하고 고독병 들어간다
그러니까 좋은 것 아무거라도 사랑하면서 살아야 한다

사람은 사랑하면서 살아야 하네
무엇이라도 사랑하는 것이 중요한 거야 돈 사랑하면
수전노 되고
글을 사랑하면 큰선비 되어서 큰 박사 되어 간다
그러니까 좋은 것 무엇이든지 사랑하면서 살아야 한다

# 염치가 있서사 ᄒᆞ네

사ᄅᆞᆷ은 염치로 해영 사름 구실 ᄒᆞᄂᆞ디
염치 어시민 궤기도 ᄒᆞᆫ 굴레에 다 먹어 불곡
밭 ᄑᆞ라당 개 사곡 ᄒᆞ느네
염치가 어시민 사ᄅᆞᆷ도 개로 배리곡
사ᄅᆞᆷ을 지네 종으로 알게 되는디
염치를 질루멍 살아사 ᄎᆞᆷ 사ᄅᆞᆷ된다

사ᄅᆞᆷ은 염치로 해영 사름 구실 ᄒᆞ는디
염치가 어시민 놀멍도 괴기로 잘 먹쟁 ᄒᆞ곡
밭 ᄑᆞ라당 좋은 집 사느네
염치가 어시민 어른도 개로 배리곡
부모도 지네 종으로 알게 되는 디
염치를 질루멍 살아사 ᄎᆞᆷ 사ᄅᆞᆷ된다

# 염치가 있어야 하네

사람은 염치로 해서 사람 구실 하는데
염치없으면 고기도 한 입에다 먹어 버리고
밭 팔아다가 개를 사네
염치가 없으면 사람들도 개로 보이고
사람을 자기 종으로 알게 되는데
염치를 키우면서 살아야 참사람 된다

사람은 염치로 해서 사람 구실 하는데
염치가 없으면 놀면서 고기로 잘 먹으려 하고
밭 팔아다가 좋은 집 사네
염치가 없으면 어른도 개로 보이고
부모도 자기 종으로 알게 된다
염치를 키우면서 살아야 참사람 된다

# 절만 세지 안으민

절만 세지 않으민 저슬이나 요름이나 바당에 물질
ᄒ래간다
바당 세지 안은 날은 물질ᄒ곡 바당센 날은 밧디강 일 혼다
날이 구지나 좋으나 일 ᄒ멍산다
사름은 놀랜 난 거 아니곡 일ᄒ랜 난거여


절만 세지 안으민 저슬이나 요름이나 바당에 물질 ᄒ래
간다
물질 가민 먹을 것도 해영 오곡 돈되는 것도 하영 해영
온다
먹을 거 돈벌거 ᄒ쟁 물질을 혼다
사름은 놀랜 난 거 아니곡 일ᄒ쟁 난거여

# 파도만 세지 않으면

파도만 세지 않으면 겨울이나 여름이나 바다에 물질하러
간다
바다가 세지 않는 날은 물질하고 바다가 센 날은 밭에 가서
일한다
날이 나쁘나 좋으나 일하면서 산다
사람은 놀려고 태어난 것이 아니고 일하려고 태어난 거야

파도만 세지 않으면 겨울이나 여름이나 바다에 물질하러
간다
물질 가면 먹을 것도 해서 오고 돈 되는 것도 많이 해서
온다
먹을 거 돈벌이하려고 물질을 한다
사람은 놀려고 태어난 것이 아니고 일하려고 태어난 거야

# 밥 먹을 저르 어시

살쟁 ᄒ민 이래 돌아 가곡 저래 돌아가멍 일 ᄒ다
밥 먹을 저르 어시 돌아댕기지 안ᄒ민 때 급나
돌아댕기멍 일 ᄒ는 공으로 솔아간다
눌멍 먹으민 염송애기엔 ᄒ곡 도새기엥 ᄒ다
요샌 밥 먹을 저르 어시 돌아댕기멍 사는 거 뱅신이엔 ᄒ다

살쟁 ᄒ민 이래 돌아 가곡 저래 돌아가멍 일 ᄒ다
새 아침 때 전이 일 해영 조반 먹엉 다시 일 ᄒ다
점심은 물로 배 채우곡 감저로 때운다
일 ᄒ지 아니해영 잘 살쟁 ᄒ는거 도둑 놈이여
요샌 밥 먹을 저르 어시 도라댕기멍 사는 거 뱅신이엔 ᄒ다

# 밥 먹을 시간 없이

살려고 하면 이쪽으로 뛰어가고 저쪽으로 뛰어가면서
일한다
밥 먹을 사이 없이 뛰어다니지 않으면 식사 굶는다
뛰어다니며 일하는 공으로 살아간다
놀면서 먹으면 염소라고 하고 돼지라고 한다
요새는 밥 먹을 시간 없이 뛰어다니며 사는 거 병신이라고
한다

살려고 하면 이쪽으로 뛰어가고 저쪽으로 뛰어가면서
일한다
새 아침 식사 전에 일해서 조반 먹고 다시 일한다
점심은 물로 채우고 감자로 때운다
일하지 아니해서 잘 살려고 하는 거 도둑놈이여
요새는 밥 먹을 시간 없이 뛰어다니며 사는 거 병신이라고
한다

# 해녀 애긴 쾅 센다

애기 배였쟁해영 집이 フ만이 이시민 누게가 맥여주느니
애기 배여도 물질 ᄒᆞ곡 밭디 일 해사 ᄒᆞ느네
뱃속에 애기도 어멍 담앙 쾅도 세곡 샘도 강 ᄒᆞ느네
애기 배였쟁 놀쟁 마랑 운동ᄒᆞ곡 일해사 태교 된다
애기 배였쟁 フ마니 이시민 어멍이나 애기나 약꼴 된다

애기 배였쟁해영 집이 フ만이 이시민 누게가 맥여주느니
애기 배여도 운동 ᄒᆞ민 애기도 튼튼 ᄒᆞ느네
태교는 뺄거 아니여 웃으멍 잘 먹으멍 일ᄒᆞ민 된다
애기 배영으네 나쁜 짓 ᄒᆞ민 나쁜사름 태어 나느네
애기 배였쟁 フ마니 이시민 어멍이나 애기나 약꼴 된다

# 해녀 애기 뼈 센다

임신했다고 집에 가만히 있으면 누가 밥 먹여주느냐
임신하여도 물질하고 밭에 일해야 하네
뱃속에 애기도 엄마 닮아 뼈도 세고 마음도 강하네
임신했다고 놀려 말고 운동하고 일해야 태교 된다
임신했다고 가만히 있으면 엄마나 애기나 약꼴 된다

임신했다고 집에 가만히 있으면 누가 밥 먹여주느냐
임신하여도 운동하면 애기도 튼튼하네
태교는 별거 아니야 웃으면서 잘 먹으면서 일하면 된다
임신하여서 나쁜 짓 하면 나쁜 사람 태어나네
임신했다고 가만히 있으면 엄마나 애기나 약꼴 된다

# 저 바당은 친정 어멍 집이여

친정집이 가민 먹을 거 어서도 바당에 가민 먹을거 ᄀ정
온다
경ᄒ난 물질ᄒ래 바당에 돌으멍 가사 ᄒ느네
바당이 친정집 보단 좋고 났댕ᄒ다 물싸가민 바당드레
ᄃ으라
애기 잿 매기당도 내배려동 바당드레 ᄃ르라

친정집이 가민 먹을 거 어서도 바당에 가민 먹을거 ᄀ정
온다
바당에 들어가민 매역도 ᄒᄀ 전북도 잡느네
친정집 배리지 마랑 바당을 배리라 물싸기 전에 바당
생각ᄒ라
애기 잿 매기당도 내배려동 바당드레 ᄃ르라

# 저 바다는 친정어머니 집이여

친정집에 가면 먹을 거 없어도 바다에 가면 먹을 거 가지고
온다
그러니까 물질하러 뛰면서 가야 하네
바다가 친정집보다 좋고 낫다고 한다 썰물 되어 가면
바다로 뛰어라
얘기 젖 먹이다가도 내 버리고 바다로 뛰어라

친정집에 가면 먹을 것이 없어도 바다에 가면 먹을 거
가지고 온다
바다에 들어가면 미역도 하고 전복도 잡네
친정집 쳐다보지 말고 바다를 쳐다보라 썰물 전에 바다를
생각하라
얘기 젖 먹이다가도 내 버리고 바다로 뛰어라

# 칠성판 정 산다

해녀는 칠성판 정으네 바당에 들어 간다
이시 저시 죽을 고비 수십 번 냉기멍 물질 해영 온다
서방님은 죽을 고비 ᄒ멍 해영 온거 안 먹켕 ᄒ다
물지 ᄒ는거 너미나 칭원 ᄒᄀ 불쌍혼 일이여마는
살쟁 ᄒ민 홀수어시 해사 혼다 잘 살쟁 ᄒ는 노릇이여

해녀는 칠성판 정으네 바당에 들어 간다
짚은 바당에 들어가민 숨차ᄀ 돌로 지둘라 부린다
아이들은 바당에 거 맛 좋탱 염치어시 먹어 분다
죽을 고비 수십 번 냉기멍 물질 ᄒ멍 사는 우리 각시
살쟁 ᄒ민 홀수어시 해사 혼다 잘 살쟁ᄒ는 노릇이여

# 칠성판 지고 산다


해녀는 칠성판 지고서 바다에 들어간다
이때나 저 때나 죽을 고비 수십 번 넘기면서 물질하고 온다
서방님은 죽을 고비 넘기면서 해서 온 거 안 먹겠다고 한다
물질하는 거 너무나 칭원 하고 불쌍한 일이여 마는
살려고 하면 할 수 없이 해야 한다 잘 살려고 하는
노릇이여


해녀는 칠성판 지고서 바다에 들어간다
깊은 바다에 들어가면 숨차고 돌로 눌러버린다
아이들은 바다의 것 맛있다고 염치없이 먹어버린다
죽을 고지 수십 번 넘기면서 물질하며 사는 우리 각시
살려고 하면 할 수 없이 해야 한다 잘 살려고 하는
노릇이여

# ᄆᆞ닥 홀줄 알아사

사름은 ᄒᆞ댕ᄒᆞ는 거 다 홀 줄 알아사 ᄒᆞ다
여ᄌᆞ로 태어낭 줌여질 못 ᄒᆞ는 것도 여ᄌᆞ앤 ᄒᆞ느냐
여ᄌᆞ는 애기도 낭 키와 보곡 줌여질도 홀 줄 알아야 ᄒᆞ다
놈 ᄒᆞ댕 ᄒᆞ는 거 못 ᄒᆞ는 것도 사름 축에 못든다
요새는 ᄒᆞ 가지만 잘 ᄒᆞ민 살아진댄 해여라

사름은 ᄒᆞ댄 ᄒᆞ는 거 다 홀 줄 알아사 ᄒᆞ다
여ᄌᆞ로 태어낭 노 짓지 못 ᄒᆞ는 것도 여ᄌᆞ앤 ᄒᆞ느냐
여ᄌᆞ는 노도 젓곡 도깨질도 ᄒᆞ곡 ᄆᆞ닥 홀 줄 알아사 ᄒᆞ다
놈 ᄒᆞ댕 ᄒᆞ는 거 ᄆᆞ닥 잘 홀줄 알아사 축에 든다
요새는 ᄒᆞ 가지만 잘ᄒᆞ민 살아진댄 해여라

# 전부 할 줄 알아야

사람은 한다고 하는 것 다 할 줄 알아야 한다
여자로 태어나서 잠수질 못하는 것도 여자라고 하느냐
여자는 애기도 나서 키워 보고 잠수질도 할 줄 알아야 한다
남 한다고 하는 거 못하는 것도 사람 축에 못든다
요새는 한 가지만 잘하면 살아진다고 하여라

사람은 한다고 하는 것 다 할 줄 알아야 한다
여자로 태어나서 노 젓지 못하는 것도 여자라고 하느냐
여자는 노도 젓고 도리깨질도 하고 전부 할 줄 알아야 한다
남 한다고 하는 것 전부 할 줄 알아야 사람 축에 든다
요새는 한 가지만 잘하면 살아진다고 하여라

# 건방지지 말아사

있쟁 높은 조세 흐곡 아누랭 잘 난 체흐지 말라
시겸방지당 놀싹해 봐사 정 다 슨다
하늘님은 시겸방진거 못살게 군다
어질곡 순해사 하늘님도 도와준다
알곡 있쟁 해여도 귀신フ치 흐지 못흔다

있쟁 높은 조세흐곡 아누랭 잘 난 체 흐지 말라
둔는 놈 우이 느는 놈 있쟁 해염서라
경허난 시겸방지당은 얼 먹어진다
하늘은 바르곡 예절 이서사 도와준다
알곡 있쟁 해여도 귀신 フ치 흐지 못흔다

# 건방지지 말아야

있다고 높은 자세하고 안다고 잘 난 체하지 마라
시건방지다가 털썩해 봐야 정 다 쓴다
하느님은 시건방진 거 못살게 한다
어질고 순해야 하느님도 도와준다
알고 있다고 해도 귀신같이 하지 못한다

있다고 높은 자세하고 안다고 잘 난 체하지 마라
뛰는 사람 위에 나는 사람 있다고 하고 있어라
그러니까 시건방지다가 얼 먹어진다
하늘은 바르고 예절 있어야 도와준다
알고 있다고 해도 귀신같이 하지 못한다

# 어떵ᄒ멍 살암시니

느 본디가 하도 오래였져 어떵ᄒ멍 살암시니
늦은 보난 번지르르 해영 걱정 어시 사는거 답다
아명 어렵곡 심들어도 놈이 거 톰내지 말라
놈이 거 톰내 당 손대어지곡 구승인다
걱정 어시 사는 거 보난 나도 ᄂᄀ록 ᄒ곡 안심이 되엄져

느 본디가 하도 오래였져 어떵ᄒ멍 살암시니
촐린거 보난 번지르르 해영 부재로 사는 거 답다
아명 어렵곡 심들어도 ᄌ포ᄌ기 ᄒ지말라
ᄌ포ᄌ기 ᄒ민 내창에서 ᄭ서가 부는 거여
부재로 사는 거 보난 나도 ᄂᄀ록 ᄒ곡 안심이 되엄져

# 어떻게 하면서 살고 있니

너 본 지가 하도 오래되었다 어떻게 하면서 살고 있나
얼굴은 보니까 번지르르해서 걱정 없이 사는 것 같다
아무리 어렵고 힘들어도 남의 것 탐내지 말라
남의 것 탐내다가 손대어지고 말썽난다
걱정 없이 사는 것 보니 나도 여유 있고 안심이 된다

너 본 지가 하도 오래되었다 어떻게 하면서 살고 있나
차린 것 보니까 번지르르해서 부자로 사는 거 같다
아무리 어렵고 힘들어도 자포자기하지 말라
자포자기하면 냇가에 끌려 흘러가는 거야
부자로 사는 것 보니 나도 여유 있고 안심이 된다

# 간세 훈 깝

간세 ᄒ민 간세훈 깝있곡 놀민 는 깝있나
놀민 돈 쓰레 댕겨지곡 헛일 해영 돈 들어간다
간세 ᄒ민 사고 나곡 큰일 벌어 진다
ᄒ다 간세ᄒ지 말곡 놀지 말라
사름은 부지런 공으로 살아가는 거여

간세 ᄒ민 간세 훈 깝있곡 놀민 는 깝있나
놈덜은 일ᄒ는디 놀래 댕기는 거 정체어신다
일 간세 ᄒ당으네 재산도 폴아먹나
간세홀 생각 꿈에도 ᄒ지말라
사름은 부지런 공으로 살아가는 거여

# 게으른 값

게으르면 게으른 값있고 놀면 논 값이 있나
놀면 돈 쓰러 다녀지고 헛일해서 돈 들어간다
게으르면 사고 나고 큰일 버려진다
하므로 게으르지 말고 놀지 말라
사람은 부지런 공으로 살아가는 거란다

게으르면 게으른 값있고 놀면 논 값이 있나
남들은 일하는 데 놀러 다니는 거 정체 없다
일 게으르다가 재산도 팔아먹나
게으른 생각 꿈에도 하지 말라
사람은 부지런 한 공으로 살아가는 거란다

# 사름 일 모르는 거여

가난 뱅이앵 내무리지 말라 사름 일 모르는 거여
잘 살쟁 ᄆ슴먹으민 부재 되ᄀ 고관되는 사름 함져
가난 뱅이앵 내무리 당 느가 개와치 된다
시검방지민 망ᄒᄀ 가난 뱅이 되는 거여
잘 난 체 ᄒ지 말ᄀ 순진ᄒ게 살당 죽으라

가난 뱅이앵 내무리지 말라 사름 일 모르는 거여
부재로 잘 살당도 호루 아처기 망해영 개와치 된다
개와치 된 후라사 후회 해봐도 소용없다
망ᄒ기 전이 겸손 ᄒᄀ 조심 해사 ᄒ다게
잘 난 체 ᄒ지 말ᄀ 순진ᄒ게 살당 죽으라

# 사람 일 모르는 거여

가난한 사람이라고 나무라지 말라 사람 일 모르는 거야
잘 살려고 마음먹으면 부자 되고 고관되는 사람 많다
가난한 사람이라고 나무라다가 네가 거지 된다
시건방지면 망하고 가난한 사람 되는 거야
잘 난 체하지 말고 순진하게 살다가 죽으라

가난한 사람이라고 나무라지 말라 사람 일 모르는 거야
부자로 살다 가도 하루아침에 망해서 거지 된다
거지 된 후에야 후회해 봐도 소용없다
망하기 전에 겸손하고 조심하여야 한다
잘 난 체하지 말고 순진하게 살다가 죽으라

# 요즘 세상 보민

요즘 세상 ᄀ만이 보민 숭시 하영 일어남져
홍수 터정 쓰러 가ᄀ ᄇᄅᆷ으로 불려 가ᄀ
전쟁해영 죽어 가ᄀ 숭시 중에 숭시여
ᄌ연 재난도 잘 막앙 패난 해사 ᄒᄂ 디
무사 영 싸우쟁 전쟁 무기 맨들암 시니
ᄌ연 재난도 막아 내ᄀ 싸우는 일 어시 팬안ᄒ게 살아사주

요즘 세상 ᄀ만이 보민 숭시 하영 일어남져
지진 터정 묻어지ᄀ 해일 일렁 쓰러 가ᄀ
ᄉ상 대결 갈라지ᄀ 숭시 중에 숭시여
갈라지는 거 합청 섭ᄌ들 해사 ᄒᄂ 디
무사 영 갈라 지쟁 서로 대결만 햄시니
ᄌ연 재난도 막아 내ᄀ 싸우는 일 어시 팬난 ᄒ게 살아사주

# 요즘 세상 보면

요즘 세상 가만히 보면 흉사 많이 일어난다
홍수 터져서 쓸어 가고 바람으로 불려 가고
전쟁해서 죽어가고 흉사 중에 흉사여
자연 재난도 잘 막아서 편안해야 하는데
왜들 이렇게 싸우려고 무기 만들고 있나
자연 재난도 막아 내고 싸우는 일 없이 편안하게
살아야지요

요즘 세상 가만히 보면 흉사 많이 일어난다
지진 터져서 묻어지고 해일 일어서 쓰러 가고
사상 대결 갈라지고 흉사 중에 흉사여
갈라지는 거 합쳐서 협조들 해야 하는데
왜들 갈라지려고 서로 대결만 하느냐
자연 재난도 막아 내고 싸우는 일 없이 편안하게
살아야지요

# 밭가는 소리

하자자 바르게 가라 무사 영 허천드레 감시니
바르게 볼랑볼랑 해사 이 밭 다 갈아진다
가당으네 돌 걸리민 ᄀ만이 사곡
돌 태어주민 걸으라 그냥 동기 쟁만 ᄒ민
왕돌이 걸려신디 동겨 지느냐 태어주건 걸으라
ᄀ라 봐도 익숙ᄒ지 못 해영 하자자 ᄒ는구나

하자자 바르게 가라 무사 영 허천드레 감시니
바르게 볼랑볼랑 해사 이 밭 다 갈아진다
동기 당으네 풀 센디가민 힘 내곡
쎄게 동기지 안으민 밭 갈아지지 안 ᄒ다
밭 갈당 보민 다려진디 이시난 쎄게 동겨사 ᄒ다
ᄀ라 봐도 익숙ᄒ지 못 해영 하자자 ᄒ는구나

# 밭갈이소리

잘못이여 잘못이여 바르게 가라 왜 이렇게 엉뚱한 데로
가느냐
바르게 발랑발랑해야 이 밭 다 갈아진다 가다가 돌 걸리면
가만히 서고
돌을 틀어주면 걸으라 그냥 당기려고 하면
왕돌이 걸렸는데 당겨지느냐 틀어주면 걸으라
말해봐도 익숙하지 못해서 잘못이여 잘못이여 하는구나

잘못이여 잘못이여 바르게 가라 왜 이렇게 엉뚱한 데로
가느냐
바르게 발랑발랑해야 이 밭 다 갈아진다 당기다가 풀 센데
가면 기운 내고
강하게 당기지 않으면 갈아지지 않는다
밭 갈다 보면 다진 곳이 있으니까 강하게 당겨야 한다
말해봐도 익숙하지 못해서 잘못이여 잘못이여 하는구나

# 제 2 부

제주말 ᄀ라사ᄒᆞᆫ다

# 밭 볼리는 소리

제주 땅은 무사 영 북삭 해영 볼여사 만 하는 고
밭 볼리지 않으민 씨 안사곡 잘 크지 못ᄒ느네
복삭ᄒ 땅에 탱탱ᄒ게 다려지게 볼려사 ᄒ다
어려려 어려려 이 쉐야 높은 디만 볼으라
일 ᄒ는 거 답게 주인 생각 ᄒ멍 걸으라
무조건 걷기만 ᄒ민 느네만 못전 딘다

제주 땅은 무사영 북싹 해영 볼여사 만 하는 고
복싹ᄒ 땅 볼여사 탱탱 해영 씨도 사곡 잘 큰다
제주 땅은 북삭 해영으네 일 홈은 좋댄 해여라
어려려 어려려 아니 볼라난 디만 볼으라
이왕에 ᄒ는 일을 잘 해사 출도 잘 준다
무조건 걷기만 ᄒ민 느네만 못전 딘다

# 밭 다지며 밟는 소리

제주 땅은 왜 이렇게 푹신해서 밟으면 다져야만 하는 고
밭을 밟아 다지지 않으면 씨 나지 않고 잘 크지 못하네
푹신한 땅에 단단하게 다져지게 밟아 다져야 한다
이랴 이랴 이 소야 높은 곳만 밟으라
일하는 거 닮게 주인 생각하면서 걸으라
무조건 걷기만 하면 너만 못견디네

제주 땅은 왜 이렇게 푹신해서 밟으며 다져야만 하는 고
푹신한 땅 밟아 다져야 탄탄해져서 씨도 나고 잘 자란다
제주 땅은 푹신해서 일하는 데는 좋다고 하더라
이랴 이랴 아니 밟아 난 곳만 밟아 다지라
이왕에 하는 일 잘해야 먹이(꼴)도 잘 준다
무조건 걷기만 하면 너네만 못견디네

# 시집 잘 강 좋으키여

느는 좋으키여 좋으키여 시집 잘 강으네 좋으키여
느는 풀제가 좋앙으네 좋으키여
부재 집에 좋은 직장있는 사름 안티 시집강 좋으키여
시집도 잘 가사 ᄒ주마는 잘 살아사 ᄒ느네
시집 잘 가졌쟁 놀멍 먹으민 문닥 망ᄒ다
경ᄒ난 춤되게 살곡 보지란히 살라

느는 좋으키여 좋으키여 장게 잘 강으네 좋으키여
느는 풀제가 좋앙으네 좋으키여
ᄀᆸ닥ᄒᆫ 사름에 직장있는 여ᄌ 안티 장게강 좋으키여
장게도 잘 가사 ᄒ주마는 잘 살 아사 ᄒ느네
장게 잘 가졌쟁 걸충거령 놀래 댕기지 말라
경ᄒ난 춤되게 살곡 보지란히 살라

# 시집 잘 가서 좋겠네

너는 좋겠어 좋겠어 시집 잘 가서 좋겠어
너는 팔자가 좋아서 좋겠어
부자 집에 좋은 직장 있는 사람에게 시집 가서 좋겠어
시집도 잘가야 하지만 잘 살아야 하네
시집 잘 가졌다고 놀면서 먹으면 전부 망한다
그러니까 참되게 살고 부지런히 살라

너는 좋겠어 좋겠어 장가 잘 가서 좋겠어
너는 팔자가 좋아서 좋겠어
예쁜 사람에 직장 있는 여자에게 장가 가서 좋겠어
장가도 잘 가야 하지만 잘 살아야 하네
장가 잘 가졌다고 거들먹거리며 놀러만 다니지 말라
그러니까 참되게 살고 부지런히 살라

# 촐싹거리지 말라

잘 났쟁 촐싹거리지 말라 나민 얼마나 잘 나시니
잘 나나 못 나나 다 땅위에 있곡 하늘 아래 있져
잘 나구랭 촐싹 거리 당 대망생이 까진다
ᄒ다 촐싹거리지 말랑 ᄀ만이 ᄀ만ᄒ라
ᄀ만이 듬직이 이시민 눔덜이다 알아 준다

잘 났쟁 촐싹거리지 말라 나민 얼마니 잘 나시니
잘 나나 못나나 다 ᄀ은 사름이곡 지만씩이여
잘 나구랭 촐싹 거리당 부더지곡 까진다
으졌ᄒ게 이시민 눔덜이 웃주와 주느네
ᄀ만이 듬직이 이시민 눔덜이 다 알아 준다

# 출썩거리지 말라

잘 났다고 출썩거리지 말라 나면은 얼마나 잘 났느냐
잘 나나 못 나나 다 땅 위에 있고 하늘 아래 있네
잘 났다고 출썩거리다가는 머리 깨진다
하다 출썩거리지 말아서 가만히 가만 하라
가만히 듬직하게 있으면 남이 다 알아준다

잘 났다고 출썩거리지 말라 나면은 얼마나 잘 났느냐
잘 나나 못 나나 다 같은 사람이고 자기만큼이여
잘 났다고 출썩거리다가 넘어지고 깨진다
의젓하게 있으면 남들이 존경해 주네
가만히 듬직하게 있으면 남이 다 알아준다

# 어드레 감수광

사름은 예절을 지키는 동물이라 아는 사람 보면 인수한다
옛날 옛적에는 굶엉 살아 와시난 인수는 밥 먹읍디강
하였저 마는
해방 당시 인수는 어드래 감수광이였져
무장대 안티 감신가 경찰에 감신가 걱정되엉 듣는 말이여
요새는 주유주의 시대라 지만썩 똔나게 곤나

사름은 예절을 지키는 동물이라 아는 사름 보민 인수한다
아랫 사름이 인수 하는 거여마는 윗사름이 문져 인수 홀
때도 있져
요샌 인수가 영어로 하는 사름 있어 감져
욕 안하명 말 그르민 인수 되곡 그개 꼬딱해도 인수엔 해라
요새는 주유주의 시대라 지만썩 똔나게 곤나

# 어느 곳으로 갑니까

사람은 예절을 지키는 동물이라 아는 사람 보면 인사한다
옛날 옛적에는 굶주려 살아왔으니까 인사는 밥 먹었습니까
했지마는
해방 당시 인사는 어느 곳으로 가십니까 였다
무장대에게 가는가 경찰에 가는가 걱정되어서 듣는
인사말이여
요새는 자유주의 시대라 자기만큼 틀리게 말한다

사람은 예절을 지키는 동물이라 아는 사람 보면 인사한다
아랫사람이 인사하는 것이지만 윗사람이 먼저 인사할 때도
있다
요새는 영어로 인사하는 사람도 있다
욕 안 하면서 말하면 인사되고 목 까딱해도 인사라고 한다
요새는 자유주의 시대라 자기만큼 틀리게 말한다

# 넘미덜 ᄒᆞ지말라

권세 있누랭 넘이덜 권세 부리지 마라
억울 ᄒᆞ게 당ᄒᆞᆫ 사름 하가민 놀싹 망해 분다
권세는 백성이 입에서 나온다
ᄒᆞᆫ이 하민 ᄒᆞᆫ탄 ᄒᆞ는 소리 나곡
억울 ᄒᆞ여 가민 억울ᄒᆞᆫ 소리 난다
권세는 ᄌᆞ기를 위한 것이 아니곡 백성을 위ᄒᆞᆫ 것이여

권세 있누랭 넘이덜 권세 부리지 말라
ᄌᆞ본 어시민 ᄭᅩ닥 못 ᄒᆞ난 ᄌᆞ본을 살려사 ᄒᆞᆫ다
경제의 힘은 ᄌᆞ본에서나 온다
돈 이서가민 지꺼진 소리 나곡
못 살아 가민 죽어지는 소리 난다
권세는 ᄌᆞ기를 위한 것이 아니곡 백성을 위ᄒᆞᆫ것이여

# 너무들 하지 말라

권세 있노라고 너무 권세 부리지 말라
억울하게 당한 사람 많아 가면 털썩 망해 버린다
권세는 백성이 입에서 나온다
한이 많으면 한탄하는 소리 나고
억울하면 억울한 소리 난다
권세는 자기를 위한 것이 아니고 백성을 위한 것이여

권세 있다고 너무 권세 부리지 말라 털썩 망해 버린다
자본 없이는 까딱 못하니까 자본을 살려야 한다
경제의 힘은 자본에서 나온다
돈 있어 가면 기쁜 소리 나고
못 살아가면 죽어지는 소리 난다
권세는 자기를 위한 것이 아니고 백성을 위한 것이여

# 요새 해방 당시 담암저

해방 당시 좌우익으로 갈라 정 대갱이 터진 싸움 했져
좌파나라가 잘 사는가 우파나라가 잘사는가
결판 난지 오래 였져 경훈디 좌파사화주의 맨들쟁 해염져
못 사는 드래 가는디 내불 사름 어디 시니
경훈디 일 훌거 어신 사름 덜은 맥여 주민 좋탠 그 팬 든다
잘사는 팬으로 가사 훈다 좌파사회주의는 못 사는 거 뻔훈
거여
일 잘 흐민 잘살게 된다 일 안 해영 먹쟁 흐는 게 숭시여

해방 당시 좌우익으로 갈라 정 대갱이 터진 싸움 했져
좌파 나라 믄닥 우파 되영 남은 나라는 세개여
그걸 알아사 흐느 네 맥여 주는 드레 돌라 붙은 것이
문제여
공껏만 먹쟁 흐영 주는 팬 드래 만 붙은다
주쟁 흐민 세금 하영 거두어사 흐는 디 ᄌ본가는 망훈다
ᄌ본가가 망 흐민 세금은 누게 안티 거두어 당 백성덜 맥일
거니
일 잘 흐민 잘살게 된다 일 안 해영 먹쟁 흐는 게 숭시여

# 요새 해방 당시 닮았다

해방 당시 좌우익으로 나누어져서 머리 터지는 싸움을 했다
좌파 나라가 잘 사는가 우파 나라가 잘사는가
결판이 난 지 오래였다 그런데 좌파 사회주의 만들려고 한다
못사는 곳으로 가고 있는데 내 버릴 사람이 어디 있나
그런데 일 할 거 없는 사람들은 먹여 주면 좋다고 그 편 든다
잘 사는 편으로 가야 한다 좌파 사회주의는 못사는 거 뻔한
거여
일 잘하면 잘살게 된다 일 안 해서 먹으려고 하는 것이
흉사여

해방 당시 좌우익으로 나누어져서 머리 터지는 싸움을 했다
좌파 나라는 전부 망해서 남은 나라는 세개라
그걸 알아야 하네 먹여주는 곳으로 붙으는 것이 문제여
공짜만 먹으려고 해서 주는 편쪽으로만 붙는다
주려고 하면 세금 많이 거두어야 하는데 자본가는 망한다
자본가가 망하면 세금은 누구에게 거두어 다가 백성들 먹일
건가
일 잘하면 잘살게 된다 일 안해서 먹으려고 하는 것이 흉사여

# 좋은 고단으로 모영

주유주의 나라에서 좋은 고단 추장 살아사 호주
무사 영 부름 세곡 추운 고단이 못전디게 살암시니
조상 직호쟁 호난 살단 고단 직호쟁 호난
팬난호게 주유롭게 살당 죽어사 호주
경해영 살단 보난 큰 도시에 만 모다들엄져
농촌은 폭싹 호곡 도시는 울림창창 해염져

주유주의 나라에서 좋은 고단 추정 살아사 호주
무상 영 일만 호곡 어신 고단이 못전디게 살암 시니
태스른 땅 눌여 불기가 아까왕 살암 수광
사름 살만 호디 추장 살당 죽어사 호주
좋은 고단드레 모여 들당 보난 도시만 컴져
농촌은 폭싹 호곡 도시는 울림창창 해염져

# 좋은 고장으로 모여서

자유주의 국가에서 좋은 고장을 찾아 살아야 하지
왜 이렇게 바람세고 추운 고장에 못 견디게 살고 있니
조상 직하려고 하나 살던 고장을 직하려고 살고 있니
편안하게 자유롭게 살다가 죽어야 하지
그렇게 해서 살다가 보니까 큰 도시에만 모여들었다
농촌은 폭삭하고 도시는 번창 창 하였다

자유주의 나라에서 좋은 고장 찾아 살아야 하지
왜 이렇게 일만 하고 없는 고장에 못 견디게 살고 있니
태사른 땅 버려 버리기가 아까워서 살고 있습니까
사람 살만한 곳 찾아 살다가 죽어야 하지요
좋은 고장으로 모여들다 보니 도시만 큰다
농촌은 폭삭하고 도시는 번창 창 하였다

# 망난이 질 그만 ᄒ라

사름은 예도 지키곡 법도 지키멍 살아사 ᄒ느네
는 무사 말 ᄀ를 짓만 ᄒ멍 못되게 살암 시니
낭도 꼬부라 지민 재목으로 못 썽으네 화목 ᄒ느네
사름 꼬부라 진거 쓰멍거리 었곡 지맹에 죽지 못 ᄒ다
개망난이질 ᄒ지 마랑 사름답게 살당 죽으라

사름은 예도 직ᄒ곡 법도 직ᄒ멍 살아사 ᄒ느네
는 무사 못 된 짓만 ᄒ멍 눔 못살게 굴엄 시니
쉐도 황 ᄒ민 사곡 허 ᄒ민 걷는 디 쉐만이 못 ᄒ느네
사름 꼬부라 진거 쉐만이 못 ᄒ곡 지맹에 죽지 못 ᄒ다
개망난이질 ᄒ지 마랑 사름답게 살당 죽으라

# 망나니짓 그만하라

사람은 예도 지키고 법도 지키면서 살아야 하네
너는 왜 말 할 짓만 하면서 못되게 살고 있나
나무도 꾸부러지면 재목으로 못 써서 화목을 하네
사람 꼬부라진 거 쓰임새가 없고 자기 명에 죽지 못한다
개망나니질 하지 말고 사람답게 살다가 죽으라

사람은 예도 지키고 법도 지키면서 살아야 하네
너는 왜 못된 짓만 하면서 남 못살게 굴고 있니
소도 황하면 서고 허하면 걷는데 소만큼 못 한다
사람 꾸부러진 거 소만큼 못하고 자기 명에 죽지 못한다
개망나니질 하지 마랑 사람답게 살다 죽으라

# 이 세상 천당 극락에 살라

죽엉으네 천당극락에 가기 전이
살아 있는 이 세상을 천당극락으로 맨들라
죽은 후재사 천당극락 있쟁 해도 살아 신 때 가사주
살아 있을 때 천당극락 맨들멍 살아사 ᄒ네
살아 있을 때 천당극락은 좋은 일 해영 행복ᄒ게 사는 거여
천당극락 살암 시민 죽엉도 천당극락에 가 진다

죽엉으네 천당극락 가기 전이
살아 있는 세상에 천당극락으로 가쟁ᄒ라
죽은 후재 천당극락에 가쟁 말앙 생전에 가쟁 ᄒ라
살아생전 천당극락 속읍이서 살아사 하주
좋은 일 해염 시민 행복 ᄒ게 살아 지ᄀ 천당극락 사는
거여
천당극락 살암 시민 죽엉도 천당극락에 가 진다

# 이 세상 천당 극락에 살라

죽어서 천당극락에 가기 전에
살아있는 이 세상을 천당극락으로 만들라
죽은 후에야 천당극락이 있다고 해도 살아 있을 때 가야
하지요
살아 있을 때 천당극락 만들면서 살아야 하네
살아 있을 때 천당극락은 좋은 일 해서 행복하게 사는 거여
천당극락 살고 있으면 죽어서도 천당극락에 가진다

죽어서 천당극락에 가기 전에
살아 있는 세상에 천당극락으로 가려고 하라
죽은 후에 천당극락에 가려 말고 생전에 가려고 하라
살아생전 천당극락 속에서 살아야 하지요
좋은 일 하고 있으면 행복하게 살아지고 천당극락 사는
거여
천당극락 살고 있으면 죽어도 천당극락에 가진다

# ᄌᆞ냥 ᄒᆞ멍 살아 왔저

옛날엔 너미나 가난해영 ᄌᆞ냥 ᄒᆞ멍 살아 시네
꿩 또려난 몽댕이도 울랑 먹ᄀᆞ 낭 껍데기도 배껴 당 먹었 져
요새 아이덜 세상 귀천 몰랑으네 맛 좋은 것만 내 노랭ᄒᆞᆫ다
각종 재난 하영 생겨 가민 옛날로 돌아 갈 거 담다
언제 ᄭᆞ지나 이녁 ᄆᆞ음대로 살지 못ᄒᆞᆫ다

옛날엔 너미나 가난해영 ᄌᆞ냥 ᄒᆞ멍 살아 시네
들에 속 해영당 솔망 먹ᄀᆞ 도새기 ᄒᆞ나로 일랫 잔치 해엿져
요새 사름덜은 세상 귀천 몰랑으네 먹 당 실프민 대껴 분다
사름 덜이 환경 오염 시켱 험악ᄒᆞᆫ 세상 맨들 암져
언제 ᄭᆞ지나 이녁 ᄆᆞ음대로 살지 못ᄒᆞᆫ다

# 절약 저축하면서 살아왔다

옛날에는 너무나 가난해서 절약 저축하면서 살아왔네
꿩 때려 난 몽둥이도 딸려서 먹고 나무껍질도 벗겨 다
먹었다
요새 아이들은 세상 귀천 몰라서 맛 좋은 것만 내놓으라고
한다
각종 재난 많이 생겨 가면 옛날로 돌아갈 것 닮다
언제 까지나 자기 마음대로 살지 못한다

옛날에는 너무나 가난해서 절약저축하면서 살아왔네
들에 쑥 해다가 삶아서 먹고 돼지 하나로 이래 잔치해였다
요새 사람들은 세상 귀천 몰라서 먹다가 싫으면
던져버린다
사람들이 환경 오염 시켜서 험악한 세상 만들고 있다
언제 까지나 자기 마음대로 살지 못한다

# 소문 들으멍 살라

사름은 호가지 일만 호민 외통수 된다
  수방팔방 확확 돌아 댕기멍 일호곡 소문 들어사 호느네
요즘은 pc 이시난 집이 ᄀ만이 이시멍도 소문 들어진다
경호디 동네 소문 듣쟁 호민 돌아 댕겸서사 들어진다
pc에 나오는 소문호곡 적기디서 존존호게 나오는 소문
틀린다
샘이 항으네 이것도 솔피곡 저것도 솔피멍 댕기라


사름은 호가지 일만 호민 외통수 된다
이것도 확인호곡 저것도 알아보멍 해염 서사 호느네
저끼디 존존훈 소문광 권당 소문은 pc에 나오지 안 훈다
경호난 이디 저디 댕기멍 들으멍 배려 보멍 해사 훈다
이것 저것 들엄서사 샘도 하곡 조심해영 팬안호게 살아
지느네
샘이 항으네 이것도 솔피곡 저것도 솔피멍 사느네

# 소문 들으면서 살라

사람은 한 가지 일만 하면 외통수 된다
사방팔방 확확 돌아다니면서 일하고 소문 들어야 한다
요즘은 pc 있으니까 집에 가만히 있으면서도 소문
들어진다
그런데 동네 소문 들으려 하면 돌아다녀야 들어진다
pc에 나오는 소문하고 곁에서 잔잔하게 나오는 소문은
틀린다
마음이 많아서 이것도 살피고 저것도 살피면서 다니라

사람은 한 가지 일만 하면 외통수 된다
이것도 확인하고 저것도 알아보면서 하고 있어야 한다
곁에 잔잔한 소문과 친족 소문은 pc에 나오지 안 한다
그러니까 이곳저곳 다니면서 들으면서 쳐다보고  해야 한다
이것저것 듣고 있어야 마음도 많고 조심해서 편안하게
살아진다
마음이 많아서 이것도 살피고 저것도 살피면서 사네

# 제주 말 ᄀᆞ라사 ᄒᆞ다

제주말 ᄒᆞ민 세계 모든 나라말 다 잘 해여진다
제주 말은 ᄀᆞ음과 슬음이 이성으네 못 ᄒᆞ는 말이었다
경ᄒᆞ난 제주말을 ᄉᆞ투리앵 ᄒᆞ지 마랑 열심히 ᄒᆞ라
제주말 ᄒᆞ민 제주 섬놈 이앵 해영 내무렸주 마는
이제는 옛날 표준어 직ᄒᆞ는 양반앵 ᄒᆞ다
제주말은 한국에서 옛날 표준말이앵 ᄌᆞ부심 ᄀᆞ지라

제주말 ᄒᆞ민 세계 모든 나라말 다 잘 해여진다
제주말은 글제가 이천 개 나 하난 못 ᄒᆞ는 말이었나
경ᄒᆞ난 세계 어느 나라 말도 못 ᄒᆞ는 말도 었넨 해라
제주말 ᄒᆞ민 제주 촌놈이앵 해영 내무리지 말라
세계 어느 나라 말도 잘 ᄒᆞ는 양반앵ᄒᆞ다
제주말은 세계에서 말 잘 ᄒᆞ는 표범엔 ᄌᆞ부심 ᄀᆞ지라

# 제주말 말해야 한다

제주말 하면 세계 모든 나라말 다 잘해진다
제주말은 고 음과 슬 음이 있어서 못하는 말이 없다
그러니까 제주 말을 사투리라고 하지 말고서 열심히 하라
제주말 하면 제주 섬놈이라고 해서 나무렸지 마는
이제는 옛날 표준어 지키는 양반이라고 한다
제주말은 한국에서 옛날 표준어라고 자부심 가지라

제주말 하면 세계 모든 나라말 다 잘해진다
제주말은 글자가 이천 개나 많으니 못하는 말이 없나
그러니까 세계 어느 나라 말도 못 하는 말이 없다고 하더라
제주말을 하면 제주 촌놈이라고 해서 나무라지 말라
세계 어느 나라 말도 잘하는 양반이라고 한다
제주 말은 세계에서 말 잘하는 표범이라고 자부심 가지라

# 이슨가 이서사

사름은 몬딱 배우지 못 혼다 혼날 알민 백을 깨우쳐사 혼다
이서가 부족 혼민 살트래 가사는 디 죽을 트래 가곡
잘 살 트래 가사는 디 망홀 트래 가진다
이서를 깨우치멍 좋을 트래 가사 혼다
사름은 만물이 영장 이난 이녁냥으로 깨우치멍 산다

사름은 몬딱 배우지 못 혼다 혼날 알민 백을 깨우쳐사 혼다
이서가 부족하므로 손발이 못전디ᄀ 고생 ᄒ느네
놈덜은 이서깔 이성 팬안ᄒ게 사는디
난 무사 영 이서깔이 어성 고생 햄신고
사름은 만물의 영장 이난 이녁냥으로 깨우치멍 산다

# 이치가 있어야

사람은 전부 배우지 못한다 하나를 알면 백을 깨우쳐야
한다
생각이 부족하면 살 곳으로 가야 하는데 죽을 것으로 가고
잘 살 곳으로 가야 하는데 망할 곳으로 가진다
생각을 깨우치면서 좋은 곳으로 가야 한다
사람은 만물의 영장이니까 자기 스스로 깨우치면서 산다

사람은 전부 배우지 못한다 하나를 알면 백을 깨우쳐야
한다
생각이 부족으로 손발이 못 견디고 고생하네
남들은 생각이 능숙해서 편안하게 사는데
나는 왜 이렇게 생각이 능숙하지 못해서 고생하고 있나
사람은 만물의 영장이니까 자기 스스로 깨우치면서 산다

# 게심ᄒ지 말아사주

놈이 눈에 피 내우쟁 ᄒ당 이녁 눈에 ᄀ름이 난다
ᄒ다 게심ᄒ지 말곡 착ᄒ게 살아 산다
낭도 게먹는 가쟁이는 끈차분다
사름도 게먹당 끈차 지곡 피ᄀ름 난다
숨백이랑 해도 게심이랑 ᄒ지 말멍 살라

놈이 눈에 피 내우쟁 ᄒ당 이녁 눈에 ᄀ름이 난다
게슴ᄒ는 사름 안티 게슴다리엔 ᄒ다
낭도 게먹지 말쟁 웃트레만 큰다
사름도 게먹당 싸와지곡 화만 당ᄒ다
숨백이랑 해도 게심이랑 ᄒ지 말멍 살라

# 계염 하지 말아야지요

남의 눈에 피 내려 하다가 자기 눈에 고름이 난다
하다 질투하지 말고 착하게 살아야 한다
나무도 질투하는 가지는 잘라 버린다
사람도 질투하다가 잘라지고 피고름 난다
경쟁이랑 해도 질투랑 하지 말면서 살라

남의 눈에 피 내려 하다가 자기 눈에 고름이 난다
질투하는 사람에게 질투장이라고 한다
나무도 질투하지 않으려고 위로만 자란다
사람도 질투하다가 싸워지고 화만 당한다
경쟁이랑 해도 질투랑 하지 말면서 살라

# 샘이 하사

샘 어신 사름은 상산의 모쉬엔 ᄒᆞ느네
이렇게 샘ᄒᆞ곡 저렇게 샘ᄒᆞ는 샘이 이서사 ᄒᆞ네
ᄒᆞ나만 샘ᄒᆞ는 것은 이녁백기 모르는 사름이여
샘이 하그네 그래도 샘ᄒᆞ곡 요래도 샘ᄒᆞ멍 사느네
샘어신 사름은 창아리 막은 사름엔ᄒᆞᆫ다
여라 밭디 샘쓰멍 ᄂᆞᄀᆞ록ᄒᆞ게 살라 ᄒᆞ네

샘 어신 사름은 상산이 모시엔 ᄒᆞ느네
요래도 샘ᄒᆞ곡 저래도 샘ᄒᆞ는 샘 이이서사 ᄒᆞ네
ᄒᆞ나만 샘ᄒᆞ는 것은 외고집쟁이가 된댄 해여라
샘이 하사 좋은 사름엔 ᄒᆞ곡 일 잘 ᄒᆞ는 사름엔 ᄒᆞᆫ다
샘 어신 사름 상산이 물만이 못ᄒᆞᆫ댄 ᄒᆞᆫ다
여라 밭디 샘쓰멍 ᄂᆞᄀᆞ록ᄒᆞ게 살라 ᄒᆞ네

# 넓은 마음이 많아야

마음 없는 사람은 상산에 우마라고 하네
이렇게 마음 쓰고 저렇게 마음 쓰며 마음이 있어야 하네
하나만 마음 쓰는 것은 자기밖에 모르는 사람이여
마음이 많아서 그래도 마음 쓰고 요래도 마음 쓰며 사네
마음 없는 사람은 창자 막은 사람이라고 한다
여러 곳에 마음 쓰며 여유롭게 살라 하네

마음 없는 사람은 상산에 우마라고 하네
이리도 마음 쓰고 저래도 마음 쓰는 마음이 있어야 하네
하나만 마음 쓰는 것은 외고집쟁이가 된다고 한다
마음이 많아야 좋은 사람이라고 하고 일 잘하는
사람이라고 한다
마음 없는 사람은 상산에 말만큼 못한다고 한다
여러 곳에 마음 쓰며 여유롭게 살라 하네

# 무에서 유를 맨들앙

사름은 아무것도 어시 맨몸으로 태어났져
커가멍 배우곡 깨우청 영장이 되느네
올ᄇ르게 잘 배운 사름은 가치있게 사는디
잘못 배운 사름은 그르치는 드레만 가느네
가치엔 흔 건 값있는 일 ᄒ는거여
값있는 일이 맨몸으로 유를 맨드는 거여

사름은 아무것도 어시 맨몸으로 태어났져
사름은 배움에 가곡 홈에 가는 거여
금수저만 잘 살곡 흑수져는 못 산댄 해여라
흑수저라도 악착ᄀ찌 해염시민 잘 살아진다
잘 ᄒ는 것이 잘사는 것이여
잘ᄒ는 일이 맨손으로 유를 맨드는 거여

# 무에서 유를 만들어서

사람은 아무것도 없이 맨몸으로 태어났다
커가면서 배우고 깨우쳐서 영장이 되네
올바르게 잘 배운 사람은 가치 있게 사는데
잘 못 배운 사람은 그르치는 곳으로만 가네
가치라고 하면 잘 사는 것이라네
값있는 일이 맨몸으로 유를 만드는 거라네

사람은 아무것도 없이 맨몸으로 태어났다
사람은 배움에 가고 하는 데 가는 거여
금수저만 잘살고 흙수저는 못 산다고 하여라
흙수저라도 악착같이 하고 있으면 잘살아진다
잘하는 것이 잘사는 것이라네
잘하는 일이 맨손으로 유를 만드는 거여

# 뚝 곧아도 들 숙 날 숙

곧은 밭디 뚝 곧으게 낭 싱거도
낭은 들쑥날쑥ᄒ게 크는디
안 크는 낭을 키우쟁 걸름 해 봐도 알르만 큰다
경ᄒ디 손도 틀리곡 입도 틀린 사름을
어떵해영 뚝 곧으게 살게 해여지느니
ᄒ 밭디 낭도 팽등 안 ᄒ디 사름 팽등 안 된다


ᄒ 도통에 도새기도 곧은 건 주어도
도새긴 들쑥날쑥ᄒ게 크는디
안 크는 도새기 뜨르 건 주어 봐도 알르만 큰다
경ᄒ디 눈도 틀리곡 귀도 틀린 사름을
어떵해영 뚝 곧으게 살게 해여지느니
도새기도 팽등 안 ᄒ는 디 사름 팽등 안된다

# 똑같아도 들 쑥 날 쑥


똑같은 밭에 똑같게 나무를 심어도
나무는 들쭉날쭉하게 크는데
안 크는 나무를 키우려고 거름해 봐도 밑으로만 큰다
그런데 손 틀리고 입 틀린 사람을
어떻게 해서 똑같게 살게 해지느냐
한 곳에 나무도 평등하지 않은데 사람 평등 안 된다


한 돼지우리에 돼지도 같은 먹이를 주어도
돼지는 들쭉날쭉하게 크는데
안 크는 돼지 따로 먹이를 주어 봐도 밑으로만 큰다
그런데 눈도 틀리고 귀도 틀린 사람을
어떻게 해서 똑같게 살게 해지느냐
돼지도 평등 안 하는 데 사람 평등 안된다

# 이름 석재 냉기쟁

훌륭흔 일 ᄒ닥지 일름 오래 남고
일 ᄒᆞᆫ거 어시민 일름 ᄉ라진다
세종대왕은 훌륭흔 일 하영 해영
그 일름 천년만년 남을 거여
훌륭흔 일 하영 해영 일름 석 재 오래 냉기라

훌륭흔 일 ᄒ닥지 이름 오래 남고
못 된 일 해여도 이름 오래 남나
노벨은 노벨상 맨드랑 상을 주난
그 이름 천년만년 남을 거여
훌륭흔 일 하영 해영 이름 석 재 오래 냉기라

# 이름 석 자 남기려고

훌륭한 일 할수록 이름 오래 남고
일 한 거 없으면 이름은 사라진다
세종대왕은 훌륭한 일 많이 해서
그 이름 천년만년 남을 거여
훌륭한 일 많이 해서 이름 석 자 오래 남기라

훌륭한 일 할수록 이름 오래 남고
못 된 일 해도 이름 오래 남는다
노벨은 노벨상 만들어서 상을 주니까
그 이름 천년만년 남을 거여
훌륭한 일 많이 해서 이름 석 자 오래 남기라

# 일을 이겨사

일을 이기지 못 ᄒ민 일에 지둘랑 죽나
짐보다 약 ᄒ민 짐 정 가당 짐에 지둘랑 죽곡
사무 보당 사무를 종결시키지 못 ᄒ민 창지 되사지곡
상대방광 말 ᄀ당 잘 못해영 숭시 나고
일 ᄒ는 거마다 잘 되곡 이겨사 ᄒ느네
일 이기지 못ᄒ민 화만 나곡 앞뒤를 ᄀ리지 못ᄒ다

일을 이기지 못 ᄒ민 일에 지둘랑 죽나
ᄂᆞᆷ광 숨백해영 지민 망ᄒ곡 억울 해여진다
짐 하영 시껑 가당 부레키 볼라도 그정 드레 터러지곡
헛주댕이 잘못 노령 소문낭 숭시 나곡
업ᄒ는 거마다 잘 되곡 이겨사 ᄒ는네
일 이기지 못 ᄒ민 화만 나곡 앞뒤를 ᄀ리지 못 ᄒ다

# 일을 이겨야

일을 이기지 못하면 일에 눌러서 죽나
짐보다 약하면 짐을 지고 가다가 짐에 눌러서 죽고
사무 보다가 사무를 종결시키지 못하면 창자 뒤집어지고
상대방과 말하다가 잘못 말해서 흉사 나고
일하는 거마다 잘 되고 이겨야 하네
일 이기지 못하면 화만 나고 앞뒤를 가리지 못하네

일을 이기지 못하면 일에 눌러서 죽나
남들과 경쟁해서 지면 망하고 억울해진다
짐 많이 실어서 가다가 브레이크 밟아도 절벽으로
떨어진다
헛주둥이 잘못 놀려서 소문나고 흉사난다
업을 하는 거마다 잘 되고 이겨야 하네
일 이기지 못하면 화만 나고 앞뒤를 가리지 못한다.

# 개만이 못햄저

개도 아는 사름 보민 인ᄉ흐느네
ᄆᆞᆯ도 팔춘 ᄁᆞ지 알아 보는디
사름은 개만이도 못 훈 스름 이성으네
아는 사름 봐도 인ᄉ 안 훈다
팔춘도 몰랑 싸우ᄀᆞ 화의 홀 때사 알아본다

개도 아는 스름 보민 인ᄉ흐느네
ᄆᆞᆯ도 팔춘 ᄁᆞ지 알아 보는디
사름은 ᄆᆞᆯ만이 못 훈 사름 이성으네
ᄉ춘 끼리도 서로 싸우느네
ᄉ춘 몰랑 싸우ᄀᆞ 화의 홀 때사 알아본다

# 개만큼 못 한다

개도 아는 사람 보면 인사하네
말도 팔촌까지 알아보는데
사람은 개만큼도 못한 사람 있어서
아는 사람 바도 인사 안 한다
팔촌도 몰라서 싸우고 화의할 때야 알아본다

개도 아는 사람 보면 인사하네
말도 팔촌까지 알아보는데
사람은 말만큼도 못한 사람 있어서
사촌끼리도 서로 싸우네
사촌도 몰라서 싸우고 화의할 때야 알아본다

# 제 3 부

괴는 것도 흔도가 있저

# 쾌달이

복지 정책이 하감으로 꾀다리도 하감져
꾀다리 하 가민 나라는 망해간다
일ㅎ 멍도 실업자 누랭 해영 실업 수당 타 먹ㄱ
망ㅎ지 안헌 기업 놓앙 망했쟁 해영
기업 기금 타 먹어 가민 나라는 망ㅎ다
복지 정책으로 공무원덜은 목에 심주엉 댕겸져

복지 정책이 하가므로 꾀다리도 하감져
꾀다리 하가민 세상은 혼란 ㅎ다
일이 이서도 안 해영 놀멍덜 실업 수당 타 먹나
아프지 안 해도 아프 구랭 해영으네
뱅원에 들어 누웡 의료 보험 축 내우ㄱ
복지 정책으로 공무원덜은 목에 심주엉 댕겸져

# 꿰는 사람

복지 정책이 많아 가므로 꿰는 사람도 많아진다
꿰는 사람이 많아지면 나라는 망해 간다
일하면서도 실업자라고 해서 실업 수당 따 먹고
망하지 않은 기업 놓아서 망했다고 해서
기업 기금 따 먹어 가면 나라는 망한다
복지 정책으로 공무원들은 목에 힘주어서 다닌다

복지 정책이 많아 가므로 꿰는 사람이 많아진다
꿰는 사람이 많아 가면 세상은 혼란한다
일이 있어도 안하고 놀면서 실업 수당 따먹나
아프지 않아도 아프다고 해서
병원에 드러누워서 의료 보험 축 내우고
복지 정책으로 공무원들은 목에 힘주어서 다닌다

# 서귀포 아리랑 1

서귀포는 저슬에도 맨도롱ᄒ곡 여름엔 시원 해영
매날매날 황금이 무르익는 잘 사는 고단이여
맨도롱 흔디 사는 사름 인심 좋앙 잘도 좋게 산다
매역이영 노물이영 아무때라도 먹을 수 있는 서귀포여
조미지게 살쟁 ᄒ거들앙 서귀포로 오라 돌으멍 오라

서귀포는 저슬에도 맨도롱ᄒ곡 여름에 시원해영
매날매날 일해 지난 돈 어시 살아 지는 곳이여
맨도롱 흔디 사난 걱정어시 살앙 잘도 좋게 산다
이디 가도 먹을거 저디 가도 먹을 거 걱정 어신 서귀포여
팬안 ᄒ게 살쟁 ᄒ거들랑 서귀포로 오라 돌으멍 오라

# 서귀포 아리랑 1

서귀포는 겨울에 따뜻하고 여름에 시원해서
매일매일 황금이 무르익은 고장이여
따뜻한 곳에 사는 사람이 인심 좋게 산다
미역이랑 나물이랑 아무 때라도 먹을 수 있는 서귀포여
재미있게 살려고 하거든 서귀포로 오라 뛰면서 오라

서귀포는 겨울에 따뜻하고 여름에 시원해서
매일매일 일해지니 돈 없이 살아지는 고장이여
따뜻한 곳에 사니 걱정 없이 살아서 잘도 좋게 산다
이디 가도 먹을거 저기 가도 먹을 거 걱정 없는 서귀포
편안하게 살려고 하거든 서귀포로 오라 뛰면서 오라

# 서귀포 아리랑 2

서귀포 이백 리 해안엔 볼 거영 놀 거영 하영 있져
그 따문에 올레 질은 사름덜이 하영 들락거린다
걷당 실프민 바당드레 확 들어강 몸도 풀곡 곰나
보말이영 구쟁기영 잡앙으네 솔망 먹어도 보곡
놀멍 쉬멍 힐링 해영 건강 증진ᄒ민 일 잘 해여진다

서귀포를 가운디로 해영 서르래 가민 중국 가곡
서귀포를 가운디로 해영 동드래 가민 일본 가곡
서귀포를 가운디로 해영 알르래 가민 호주 간다
서귀포가 세계에서 가운디 있는 고단이로 구나
저슬에 맨도롱 ᄒ곡 여름에 시원ᄒ 서귀포로 오라

# 서귀포 아리랑 2

서귀포 이백 리 해안엔 볼 거랑 놀 거랑 많이 있다
그 때문에 올레길은 사람들이 많이 들락거린다
걷다가 싫으면 바다로 확 들어가서 몸도 풀고 멱 감네
고동이영 소라랑 잡아서 삶아서 먹어도 보고
놀면서 쉬면서 힐링해서 건강 증진하면 일 잘해진다

서귀포를 가운데로 해서 서쪽으로 가면 중국 가고
서귀포를 가운데로 해서 동쪽으로 가면 일본 가고
서귀포를 중앙으로 해서 남쪽으로 가면 호주 간다
서귀포가 세계에서 가운데 있는 고장이로 구나
겨울에 따뜻하고 여름에 시원한 서귀포로 오라

# 서귀포 아리랑 3

아리랑 아리랑 질은 꼬부랑 질 위험훈 질이여
할락산 가운데 질은 꼬부라지곡 비탈진 디가 한 질
보디게 가는 질이엔 해도 돌아가는 질 추룩 호라
네비는 한락산 질로 가랭 호주마는 돌앙 가는 길로 가라
꼬부라 지곡 비탈정 위험훈 따문에 돌앙가라

아리랑 아리랑 질은 꼬부랑 질 위험훈 질이여
높은 드레 올라가당 노려 가쟁호민 터러질디 한 질
보디덴 할락산 아리랑 질로 가지 마랑 돌앙 가라
눈 오는 날에 미끄럼 트는 날이여 할락산 질로 가지 말라
꼬부라지곡 비탈정 위험훈 따문에 돌앙가라

# 서귀포 아리랑 3

아리랑 아리랑 길은 꼬부랑 길 위험한 길
한라산 가운데 길은 꼬부라지고 비탈진 데가 많은 길
가깝게 가는 길이라고 해도 돌아서 가는 길처럼 하라
네비는 한라산 길로 가라고 하지마는 돌아가는 길로 가라
꼬부라지고 비탈져서 위험한 때문에 돌아가라

아리랑 아리랑 길은 꼬부랑 길 위험한 길
높은 데로 올라가다가 내려가려고 하면 떨어질 데가 많은 길
가깝다고 한라산 아리랑 길로 가지 말고 돌아서 가라
눈 오는 날에 미끄럼 타는 날이여 한라산 길로 가지 마라
꼬부라지고 비탈져서 위험한 때문에 돌아가라

# 서귀포 아리랑 4

서귀포에는 저슬에도 맨도롱 ᄒ난 저슬에도 물질ᄒ다
구쟁기영 전북이영 먹구쟁ᄒ민 서귀포로 옵서
제슬에도 내복어시 안 입엉 사는 디가 서귀포여
저슬에도 농ᄉ짓는 디 서귀포여
저슬에도 멘도롱 ᄒ디 살구쟁ᄒ민 서귀포로 옵서게

서귀포에는 저슬에도 맨도롱 ᄒ난 저슬에도 농ᄉᄒ다
감귤이영 송키영 먹구쟁 ᄒ민 서귀포로 옵서게
저슬에도 풀이 크곡 송키가 크는 디가 서귀포여
저슬에도 일ᄒ는 디가 서귀포여
저슬에도 맨도롱 ᄒ디 살구쟁ᄒ민 서귀포로 옵서게

# 서귀포 아리랑 4

서귀포에는 겨울에도 따뜻하니까 물질한다
소라랑 전복이랑 먹고 싶으면 서귀포로 옵십시오
겨울에도 내복 없이 안 입고 사는 데가 서귀포여
겨울에 농사짓는 데가 서귀포여
겨울에도 따뜻한데 살고 싶으면 서귀포로 옵십시오 예

서귀포에는 겨울에도 따뜻하니까 겨울에도 농사한다
감귤이랑 채소랑 먹고 싶으면 서구포로 오십시오 예
겨울에도 풀이 크고 채소가 크는 데가 서귀포여
겨울에 일하는 데가 서귀포여
겨울에 따뜻한데 살고 싶으면 서귀포로 오십시오 예

# 서귀포 아리랑 5

서귀포에는 공기도 무긱 물도 몰강 건강에 좋고 좋나
건강을 위ᄒ려면 서귀포로 옵서게 살기 좋은 고단으로
십리만 가민 산에 가곡 오리만 가민 바당에 가는 서귀포로
보고 싶은디 하곡 놀고 싶은디 한디 서귀포로 옵서게
서귀포에 오민 ᄌ연히 힐링해영 건강ᄒ게 살아진다

서귀포에는 공기도 무긱 물도 몰강 건강에 좋고 좋나
팬안ᄒ게 살구쟁 ᄒ민 서귀포로 옵서게 좋은 고단으로
상산에 가민 시원 ᄒ곡 바당에 가도 시원흔 고단 서귀포로
건강ᄒ게 ᄒ는 보약 하곡 쉴디도 한 서귀포로 옵서게
서귀포에 오민 ᄌ연히 힐링해영 건강ᄒ게 살아진다

# 서귀포 아리랑 5

서귀포에 오면 공기도 맑고 물도 맑아서 건강에 좋고 좋나
건강을 위하려면 서귀포로 옵십시오 예 살기 좋은
고장으로
십 리만 가면 산에 가고 오 리만 가면 바다에 가는
서귀포로
보고 싶은데 많고 놀고 싶은데 많은 서귀포로 오십시오 예
서귀포에 오면 자연히 힐링해서 건강하게 살아진다

서귀포에는 공기도 말고 물도 맑아서 건강에 좋고 좋나
편안하게 살고 싶으면 서귀포로 옵십시오 예 좋은
고장으로
상산에 가면 시원하고 바다에 가도 시원한 고장 서귀포로
건강하게 하는 보약 많고 쉴 데도 많은 서귀포로 옵십시오 예
서귀포에 오면 자연히 힐링해서 건강하게 살아진다.

# 서귀포 아리랑 6

느영 나영 일출봉에서 손 잡앙 송악산 드레질 때 ??지 놀당
가게
우린 엉덕드레 훵ᄒ게 ᄒᆞᆨ 굴드레도 훵 ᄒ게 ᄒᆞᄆᆼ
어두운디 어시 훵ᄒ게 해영 만물덜 지꺼지게 해사주
느영 나영이 어시민 세상은 훵ᄒ지 안 ᄒ다
느영 나영 어시민 ᄀᆞᆨ석도 염지 안 ᄒ다

느영 나영 일출봉에서 손잡앙 송악산 드레질 때 ??지 놀당
가게
우리가 어시민 ᄀᆞᆨ석은 크지 못 ᄒᆞᆨ 염지 못 ᄒᆞ느네
사름덜은 우리덜 덕분을 알아사 훌건디 어떵 훌거니
세상 덕분 모르는거 사름 안 되쟁 ᄒ는 거여
느영 나영 어시민 사름 안 될 사름 한다

# 서귀포 아리랑 6

너랑 나랑 일출봉에서 손잡고 송악산 쪽으로 질 때까지
놀다 가자
우리는 언덕 쪽으로 훤하게 하고 동굴 쪽으로도 훤하게
하면서
어두운 곳 없이 훤하게 해서 만물들 기쁘게 해야지요
너랑 나랑 없으면 세상은 훤하지 않다
너랑 나랑 없으면 곡식도 여물지 않다


너랑 나랑 일출봉에서 손잡고 송악산 쪽으로 질 때까지
놀다 가자
우리가 없으면 곡식도 크지 못하고 여물지 못하네
사람들은 우리들 덕분인 줄 알아야 할 것인데 어떻게 할
거니
세상 덕분 모르는 거 사람 안 되려고 하는 거여
너랑 나랑 없으면 사람 안될 사람 많다

# 타향에서


놋도 모르고 말도 모른 놋설은 타향에서
살쟁 ᄒ난 얼마니 고생이 하키니
사름은 모르는디 강 살아사 잘 된댕 해여도
아는 사름 저끼디 살아사 오순도순 ᄒ게 살아진다
아는 사람덜 하민 눈치 볼 일 없ᄀ
웃음 밸탁 ᄒ멍 조미지게 살아지느네


놋도 모르ᄀ 말도 모른 놋설은 타향에서
살쟁 ᄒ난 얼마니 고생이 하키니
쏙 아는 사름광 살아사 지 모슴 팬안ᄒᄀ
말도 통ᄒᄀ ᄆ슴이 통ᄒ는 사름광 살아사 팬안ᄒ다
아는 사름이 시민 모슴 팬안ᄒᄀ
웃음 밸탁 ᄒ멍 조미지게 살아지느네

# 타향에서

얼굴도 모르고 말도 모르는 낯선 타향에서
살려고 하니까 얼마나 고생이 많을까
사람은 모르는 곳에 가서 살아야 잘 된다고 해도
아는 사람 곁에 살아야 오순도순하게 살아진다
아는 사람들 많으면 눈치 볼 일 없고
흐드러지게 웃으며 재미있게 살아지네

얼굴도 모르고 말도 모른 낯선 타향에서
살려고 하니까 얼마나 고생 많을까
마음 아는 사람들과 살아야 마음 편안하고
말도 통하고 마음이 통하는 사람과 살아야 편안한다
아는 사람 있으면 마음이 편안하고
흐드러지게 웃으며 재미있게 살아지네

# 너미나 잘 살암주

옛날엔 보리능쟁이 밥도그리왕 해신디
요새는 너미나 잘 살앙덜 쏠밥도 먹쟁 안 혼다
옛날에 쏠밥은 아이스크림 녹듯 입에 가민 녹아분다
경덜 잘 살멍도 죽어 지키여 죽어지키여 혼다
잘사는 건 과학경제 발전혼 따문이여

옛날엔 보리능쟁이 밥도 그리왕해신디
요새는 너미나 잘살앙덜 둠비도 먹쟁 안혼다
옛날에 비제기도 어성으네 못먹엉 굼으멍 살았져
바당에 강 괴기 낚으민 두못썩 낚아당 잘먹냉 해여도
바당에 괴기 낚으래 가지 안 해영 굼으멍 산다
이녁 간세ㅎ민 굼는 수백긴 없는 거여

# 너무 잘 살고 있지요

옛날엔 보리 능쟁이 밥 그리워서 했는데
요새는 너무 잘 살아서 쌀밥도 먹으려고 안 한다
옛날에 쌀밥은 아이스크림 녹듯 입에 가면 녹아 버린다
그렇게들 잘살면서도 죽어지겠다 죽어지겠다 한다
잘 사는 건 과학과 경제가 발전한 때문이여

옛날엔 보리 능쟁이 밥도 그리워서 했는데
요새는 너무나 잘 살아서 두부도 먹으려고 안 한다
옛날에 비지기도 없어 못 먹어 굶으며 살았다
바다에 가서 고기 낚으면 이십 마리 낚아다 잘 먹는다해도
바다에 고기 낚으러 가지 안 해서 굶으면서 산다
자기가 게으르면 굶는 수밖에 없는 것이여

# 천년만년 살아사주

팔팔ᄒ게 백솔 꼬지 살민되여 천년만년 활활ᄒ게 살아사주
어떤ᄒ민 천년만년 살아지느니 고라 보라
이순신장군 꼬치 일어분 나라 ᄎ자도 천년만년 살아지ᄀ
셱스피어추룩 훌륭ᄒ 소설 써도 천년만년 살아지는 거여
훌륭ᄒ 문화 맨랑 놔두민 천년만년 활활ᄒ게 살아지는
거여

팔팔ᄒ게 백솔 꼬지 살민되여 천년만년 활활ᄒ게 살아사주
도새기추룩 잘 먹당만 죽으민 산 때 뿐이여
만덕할망 추룩 죽어가는 사람 살려도 천년만년 살아지곡
에디슨 추룩 전기 맨드랑 훤ᄒ게 해도 천년만년 사는 거여
훌륭ᄒ 문화 맨드랑 놔두민 천년만년 활활ᄒ게 살아지거여

# 천년만년 살아야지요

팔팔하게 백세까지만 살면 되느냐 천년만년 활활하게
살아야지
어떻게 하면 천년만년 살아지느냐 말해보라
이순신 장군같이 잃어버린 나라 찾아도 천년만년 살아지고
셰익스피어처럼 훌륭한 소설 써도 천년만년 살아지는 거여
훌륭한 문화 만들어 놔두면 천년만년 활활하게 살아지는
거여

팔팔하게 백세까지만 살면 되느냐 천년만년 활활하게
살아야지
돼지처럼 잘 먹다가 죽으면 산 때뿐이야
만덕 할머니처럼 죽어가는 사람 살려도 천년만년 살아지고
에디슨처럼 전기 만들어서 훤하게 해도 천년만년 사는
거여
훌륭한 문화 만들어 놔두면 천년만년 활활하게 살아지는
거여

# ᄀᆞ슬엔

ᄀᆞ슬엔 오곡백과가 익어으네 먹을 것도 잘도하다
ᄀᆞ슬엔 풍부해영 인심좋고 살맛 나는 세상이여
손빌쟁 이디서도 오라 저디서도 오라 풍성훈 ᄀᆞ을
노래훈다
ᄀᆞ슬엔 누게나 잘 먹당도 봄나민 굶어간다
 황금이 무르익는 들판을 보민 배가 저절로 불러진다


ᄀᆞ슬엔 오곡백과가 익엉으네 먹을 것도 잘도 하다
ᄀᆞ슬만 곧으민 못 살 사름었곡 굶을 사름 었나게
ᄀᆞ슬엔 먹을거 하난 물도 솔치곡 쉐도 솔청으네 일 잘
훈다게
저슬 어성 맨날 ᄀᆞ슬만 들엄시민 좋으키여
황금이 무르익는 들판을 보민 배가 저절로 불러진다

# 가을엔

가을엔 오곡백과가 익어서 먹을 것도 잘도많다
가을엔 풍부해서 인심 좋고 살맛 나는 세상이여
손 빌려고 여기서도 오라 저기 서도 오라 풍성한 가을을
노래한다
가을엔 누구나 잘 먹다가도 봄 나면 굶어간다
황금이 무르익는 들판을 보면 배가 저절로 불어간다

가을엔 오곡백과가 익어서 먹을 것도 잘도많다
가을만 같으면 못 살 사람 없고 굶을 사람 없다
가을엔 먹을 것이 많으니까 말도 살찌고 소도 살쪄 일
잘한다
겨울 없이 매일 가을만 있었으면 좋겠네
황금이 무르익는 들판을 보면 배가 저절로 불어간다

# 얼어도

언 서리가 동산드래 ᄂᆞ린다
소낭이나 대낭은 ᄭᆞ딱 안 해영 청청ᄒᆞ다
가가비와 배염은 땅 속읍에 들어가 불곡
사름도 가가비 되어사 ᄒᆞ키냐 대낭 되영 청청ᄒᆞ라
얼어도 소낭추룩 싱싱ᄒᆞ곡 청청ᄒᆞ라
사름이 가가비 되영은 안된다 아니된다

언서리가 동산드래 노린다
폭낭이나 뽕낭은 얼어가민 죽은거 담나
노삐는 얼어가민 고사불곡 썩어 들간다
사름덜도 얼어가민 썩곡 고사비영사 될거냐
얼어도 청청ᄒᆞ곡 싱싱해영 이겨사 ᄒᆞ다
사름이 노삐가 되영은 안된다 아니된다

# 추워도

찬 서리가 동산 쪽으로 내린다
소나무나 대나무는 까딱 안 해서 청청한다
개구리와 뱀은 땅속에 들어가 버리고
사람도 개구리처럼 되어야 할까 대나무처럼 청청하라
추워도 소나무처럼 싱싱하고 청청하라
사람이 개구리 되어서는 안된다 아니된다

찬 서리가 동산 쪽으로 내린다
팽나무나 뽕나무는 추워지면 죽은 거 담나
무는 추워지면 동상 걸려 썩어 간다
사람들도 얼면 썩고 동상 걸려서 될 거냐
추워도 청청하고 싱싱해서 이겨야 한다
사람이 무가 되어서는 안된다 아니된다

# 막개가 세여사

막개가 약ᄒᆞ민 대못이 들어가지 안 ᄒᆞᄀᆞ 홍근다
막개가 세민 조금만 또려도 콱 들어간다
대못보다 막개를 치리ᄒᆞ라 막개 기운이다
막개를 키우지 못 ᄒᆞ민 목시도 서툰 목시 된다
목시는 흥상 막개영 대못이영 치리 해사 혼다

막개가 약ᄒᆞ민 대못이 들어 가지 안 ᄒᆞᄀᆞ 홍근다
어른이 약해도 집안이 돌아가지 안 혼다
집안에 어른이 약ᄒᆞ민 어른 말 듣지 안 혼다
어른을 키우지 안으민 집안도 기울어져간다
어른은 집안을 통할ᄒᆞ는 능력을 길러사 혼다

# 망치가 힘 있어야

망치가 약하면 대못이 들어가지 않고 흔들린다
망치가 세면 작게 때려도 들어간다
대못보다 망치를 치레하라 망치의 기운이다
망치를 키우지 못하면 목수도 서투른 목수가 된다
목수는 망치랑 대못이랑 치레해야 한다

망치가 약하면 대못이 들어가지 않고 흔들린다
어른이 약해도 집안이 돌아가지 않는다
집안에 어른이 약하면 아버지 말을 듣지 않는다
어른을 키우지 않으면 집안도 기울어져 간다
어른은 집안을 통할하는 능력을 길러야 한다

# 쉐엔 곧곡 개엔 그라도

사름덜은 놈이말 곧기 좋댄 쉐추룩 일햄서라
개추룩 사농 댕겸 서라 혼다
놈이랑 쉐엔 곧곡 개엔 그라도 이녁 홀만이 혼라
놈이 말 듣당 보민 친구 좃창 강남 가곡
놈이 생각대로 호당 보민 놈이 종된다
놈이 아무거엔 그라도 이녁 홀만이 혼라

사름덜은 놈이말 곧지 좋댄 쉐추룩 일햄서라
생이추룩 놀아 댕겸서라 혼다
놈이랑 생이엔 곧곡 거북엔 그라도 홀만이 혼라
놈이 말 듣당 보민 지붕 우위 올라 간다
놈이 말대로 호당 보민 놈이 사름된다
놈이 아무거엥 그라도 이녁 홀마니 혼라

# 소라고 말하고 개라고 말해도

사람들은 남의 말 말하기 좋다고 소처럼 일하고 있네
개처럼 사냥을 다니고 있어라 한다
남이랑 소라고 말하고 개라고 말해도 자기 할 만큼 하라
남의 말 듣다가 보면 친구 쫓아 강남 가고
남의 생각대로 하나 보면 남의 종 된다
남이 아무거라고 말해도 자기 할 만큼 하라

사람들은 남이 말하기 좋다고 소처럼 일하고 있네
새처럼 날아다니고 있어라 한다
남이랑 새라고 말하고 거북이라고 말해도 할 만큼 하라
남의 말 듣다가 보면 지붕 위에 올라간다
남의 말 대로 하다 보면 남의 사람 된다
남이 아무거라고 말해도 자기 할 만큼 하라

# 놈 타령 말곡

놈 타령 ᄒ기 전에 이녁부터 타령 ᄒ곡 잘해사 ᄒ주
이녁은 굴멍 죽어가멍 놈 감저 먹는 거 내무리지 말곡
그스린 도새기가 돌아맨 도새기 내무리지 말라
이녁부터 잘ᄒ멍 놈 잘못ᄒ는 거 타령ᄒ라
놈만 잘못ᄒ댕 타령ᄒ는 것이 싸움이 본천이여

놈 타령 ᄒ기 전에 이녁부터 탕령 ᄒ곡 잘해사 ᄒ주
이녁은 못된 짓 잘도 ᄒ멍 놈 훅금 잘 못 ᄒ거 내무린다
이녁부터 잘 ᄒ멍 놈을 인도 ᄒ는 것이 좋은거여
똥 묻은 개가 채 묻은 개 내무리지 말라 도라
놈만 잘못ᄒ탱 타령ᄒ는 것이 싸움이 본천이여

# 남 타령 말고

남 타령하기 전에 자기를 타령하고 잘해야 하지요
자기는 굶어 가면서 남 감자 먹는 거 나무라지 말고
그을린 돼지가 달아맨 돼지 나무라지 말라
자기부터 잘하면서 남 잘못하는 거 타령하라
남만 잘못한다고 타령하는 것이 싸움의 본천이여

남 타령하기 전에 자기를 타령하고 잘해야 하지요
자기는 못된 짓을 잘도 하면서 남의 조금 잘못한 거
나무란다
자기부터 잘하면서 남을 인도하는 것이 좋은 거란다
똥 묻은 개가 껴묻은 개 나무라지 말아 달라
남만 잘못한다고 타령하는 것이 싸움의 본천이여

# 세경 배리지 말라

허천드래 세경 배리당 부더지곡 털어진다
사름은 눈에 정기랑 그디도 배리구쟁 ㅎ곡 저디도 배리
구쟁ㅎ다
이녁 갈디만 배리멍 가사 허천디 배리지 않해영 가진다
이녁 갈디 정ㅎ지 못혼 사름은 허천드래 배령 가진다
이녁 갈티만 배리멍 부지런히 가는 것이 허천 생각 안난다

허천드래 세경 배리당 부더지곡 털어진다
배리구쟁 혼디 하도 하곡 놀구쟁 혼디가 하도 이녁 갈티
가사 혼다
이녁 갈티 이저불민 허천드레 가 지곡 똔 ᄆᆞ슴 먹어진다
주체성 어신 사름은 허천드래 배령 그정 드레 가진다
이녁 갈티만 배리멍 부지런히 가는 것이 허천 생각 안난다

# 엉뚱한 곳 바라보지 말라

허발한 곳으로 엉뚱하게 바라보다가 넘어지고 떨어진다
사람은 눈에 정기라서 그곳도 바라보고 싶고 저곳도
바라보고 싶는다
자기 갈 곳만 바라보며 가야 허발한 곳을 바라보지 않아서
가진다
자기 갈 곳 정하지 못한 사람은 허발한 곳으로 바라본다
자기 갈 곳만 바라보면서 부지런히 가는 것이 허천 생각
안 난다

허발한 곳으로 엉뚱하게 바라보다가 넘어지고 떨어진다
바라보고 싶은 곳이 많고 놀고 싶은 곳이 많아도 자기 갈
곳을 가야 한다
자기 갈 곳은 잊어버리면 허발한 곳으로 가지고 딴마음
먹어진다
주체성 없는 사람은 허벌한 곳을 바라보며 낭떠러지로
떨어진다
자기 갈 곳만 바라보면서 부지런히 가는 것이 허천 생각
안 난다

# 팬이 하사

팬이 어시민 도와주는 사름었나
잘못해도 도와주곡 잘해도 도와주는 사름이 서사 주게
옛날이나 지금이나 팬이 어시민 혼자 외톨이 되는 거여
팬 어신 사름은 못ᄒ민 물매 맞곡 잘해도 물매 맞나
이녁 팬은 혈육만이 혼 사름었나 혈육이 번성해사
이녁을 도와주는 팬이 하사 잘 되는 거여

팬이 어시민 도와주는 사름었나
아파도 도와 주곡 못 살아도 도와주는 사름이 서사 혼다
어제나 오늘이나 팬이 어시민 이녁 혼자 외톨이 되는 거여
팬어신 사름은 어디 가나 서름받곡 박접받앙 운다
이녁 팬은 언제나 혼ᄆᆞ음 혼뜻이 되어사 팬이 된다
이녁을 도와 주는 팬이 하사 잘 되는 거여

# 편이 많아야

편이 없으면 도와주는 사람 없나
잘못해도 도와주고 잘해도 도와주는 사람 있어야 하지요
옛날이나 지금이나 편이 없으면 혼자 외톨이 되네
편 없는 사람은 못하면 몰매 맞고 잘해도 몰매 맞나
자기편은 혈육만큼 한 사람 없나 혈육이 번성해야
자기를 도와주는 편이 많아야 잘 되는 거여

편이 없으면 도와주는 사람 없나
아파도 도와주고 잘해도 도와주는 사람이 있어야 한다
어제나 오늘이나 편이 없으면 자기 환자 외톨이 되는 거여
편 없는 사람은 어디 가나 설움 받고 박대받아서 운다
자기편은 언제나 한마음 한뜻이 되어야 팬이 된다
자기를 도와주는 편이 많아야 잘 되는 거여

# 먹을 트레만 붙은다

숨 산 것은 먹을 트레만 붙튼다
아명 먹어사 산댄 ᄒ지마는 사름도 경 ᄒ다
먹을 트레만 붙엉 살민 사름엔 홀 수 었나
사름은 줏대가 있어 응네 지 살티 가는 것이 사름이여라
경ᄒ난 사름덜을 천ᄉ엔 ᄒ다

숨산 것은 먹을 트레만 붙튼다
먹어사 살아지ᄀ 크ᄀ 솔치기 따문엔 ᄒ다
먹쟁덜 먹을 트레만 돌여 들ᄀ 놀아든다
사름덜도 살쟁ᄒ민 홀 수 어시난 먹을 트레만 놀아든다
경ᄒ난 사름덜을 철새엔 ᄒ다

# 먹을 쪽으로만 붙는다

생명 있는 것은 먹을 쪽으로만 붙는다
아무리 먹어야 산다고 하지만은 사람도 그렇게 한다
먹을 쪽으로만 붙고 살면 사람이라고 할 수 없나
사람은 줏대가 있어서 자기 살 곳을 가는 것이 사람이여
그러니까 사람을 천사라 한다

생명이 있는 것은 먹을 쪽으로만 붙는다
먹어야 살아지고 크고 살찌기 때문이라고 한다
먹으려고 먹을 곳으로 달려들고 날아든다
사람들도 할 수 없이 먹을 곳으로 날아든다
그러니까 사람을 철새라고 한다

# 궤는 것도 흔도가 있저

아명 궤여봐도 돌아오는 거 어시민 끈어진다
무조건 무한정 궬 수 엇는 노릇이여
궤는 것도 흔도가 있져 흔정 어시 궤지 못흔다
궤여봐도 가망 어시민 홀 수 어시 돌아 산다
믄딱 지 살쟁 흐는 따문에 홀 수 어신 느릇이여

아명 궤여봐도 돌아오는 거 어시민 끈어진다
국물 어시 무한정 궬 수는 언댕 흔다
궤는 것도 능력있곡 샘이 커사 궤여 지는 거여
궤여봐도 실프댕 흐민 홀 수 어시 갈라진다
믄닥 지 살쟁 흐기 따문에 홀 수 어신 느릇이여

# 사랑하는 것도 한도가 있다

아무리 사랑해 봐도 돌아오는 것 없으면 끊어진다
무조건 무한정 사랑할 수 없는 노릇이여
사랑하는 것도 한도가 있다 한정 없이 사랑하지 못한다
사랑해 봐도 가망 없으면 할 수 없이 돌아선다
전부 자기가 살려고 하기 때문에 할 수 없는 노릇이여

아무리 사랑해 봐도 돌아오는 거 없으면 끊어진다
국물 없이 무한정 사랑할 수는 없다고 한다
사랑하는 것도 능력 있고 샘이 커야 사랑해지는 거여
사랑해 봐도 싫다고 하면 할 수 없이 갈라진다
전부 자기가 살려고 하기 때문에 할 수 없는 노릇이여

# ᄆᆞ슴이 발복

돈이 하곡 ᄌᆞ식덜이 잘되어도 불행ᄒᆞ다 ᄒᆞ민 불행이여
돈도 었곡 ᄌᆞ식 안되어도 행복ᄒᆞ다 ᄒᆞ민 행복훈 거여
사름이 욕심이 크민 행복ᄒᆞ지 안ᄒᆞ곡 도둑된다
가난이 팬안으로 살곡 ᄌᆞ식은 지만씩 살랭ᄒᆞ민 행복훈다
너미나 욕심 부리당 망ᄒᆞ곡 제맹에 죽지 못ᄒᆞ다

돈이 하곡 ᄌᆞ식덜이 잘되어도 불행ᄒᆞ다 ᄒᆞ민 불행이여
고생ᄒᆞ곡 어려와도 웃으멍 열심히 살민 행복훈 거여
사름은 과욕 따문에 징역 가곡 망ᄒᆞ게 되는 거여
놈 배리지 말앙 지 가늠에 맞게 부지런히 살민 잘살아진다
너미나 욕심 부리당 망ᄒᆞ곡 제맹에 죽지 못ᄒᆞ다

# 마음의 발복

돈이 많고 자식들이 잘되어도 불행하다 하면 불행이여
돈도 없고 자식이 안되어도 행복하다 하면 행복한 거여
사람이 욕심이 크면 행복하지 않고 도둑이 된다
가난이 편안으로 살고 자식은 자기대로 살라고 하면
행복하다
너무나 욕심부리다가 망하고 제명에 죽지 못한다

돈이 많고 자식들이 잘되어도 불행하다 하면 불행이여
고생하고 어려워도 웃으면서 열심히 살면 행복한 거여
사람은 과욕 때문에 징역 가고 망하게 되는 거여
남 쳐다보지 말고 자기 가늠에 맞게 부지런히 살면 잘
살아진다
너무나 욕심부리다가 망하고 제명에 죽지 못한다

# 제 4 부

양팬 말 들어 봐사

# 따문에

주기 탓해야지 따문에는 놈이 탓호는 거여
부름 따문에 망했저 그 사름 따문에 망했저
다 놈이 탓호는 거여 놈이 탓호는 사름 망호는 본천이여
모든 것이 주기로 생겨 나곡 주기로 성사된다
주기 일이 난 주기 탓을 호멍 각성호멍 살아사호주

주기 탓 해야지 따문에는 놈이 탓호는 거여
저 사름 따문에 망했저 홍수 따문에 망했저
다 놈이 탓호는 거여 놈이 탓호는 거는 주기를 모른 거여
모든 것이 주기 탓 해사 성이 되곡 개혁이 된다
주기 일 이난 주기 탓을 호멍 각성호멍 살아사호주

# 때문에

자기 탓해야지 때문에는 남이 탓하는 거여
바람 때문에 망했다 그 사람 때문에 망했다
다 남이 탓하는 거여 남이 탓하는 사람 망하는 본천이여
모든 것이 자기로 생겨나고 자기로 성사된다
자기 일이니까 자기 탓을 하며 각성하면서 살아야지요

자기 탓해야지 때문에는 남의 탓하는 거여
저 사람 때문에 망했다 홍수 때문에 말했다
다 남의 탓하는 거여 남이 탓하는 것은 자기를 모른 거야
모든 것이 자기 탓해야 형이 되고 개혁이 된다
자기 일이니까 자기 탓을 하며 각성하면서 살아야지요

# 정당ᄒᆞ게

ᄌᆞ근 일이나 큰일이나 구실을 내세왕 저지른다
집안을 뒈싸복닥 ᄒᆞᆯ 때나 ᄉᆞ업을 뒈싸복딱 ᄒᆞᆯ 때도 구실이
있나
구실을 내세와도 정당해사 ᄒᆞᄀᆞ 정당ᄒᆞᆫ 일이 성공해사
ᄒᆞᆫ다
모든 것이 성공ᄒᆞ지 못ᄒᆞ민 나무림 받ᄀᆞ 망ᄒᆞᆫ네
혁명도 이녁만 ᄒᆞ는 것이 아니난 정당해사 ᄒᆞᄀᆞ 성공 해사
ᄒᆞᆫ다

ᄌᆞ근 일이나 큰일이나 구실을 내세왕 저지른다
세상을 뒈싸복닦 ᄒᆞᆯ 때나 이녁을 뒈싸복딱 ᄒᆞᆯ 때도 구실이
있나
정당ᄒᆞᆫ 구실이 어신 것은 정당ᄒᆞ지 못ᄒᆞᄀᆞ 성공 ᄒᆞ지
못ᄒᆞᆫ다
정당 ᄒᆞ지 못ᄒᆞᆫ 것은 성공 ᄒᆞ지 못ᄒᆞᄀᆞ 나무림 받나
혁명도 이녁만 ᄒᆞ는 것이 아니난 정당 해사 ᄒᆞᄀᆞ 성공해사
ᄒᆞᆫ다

# 정당하게

작은 일이나 큰일이나 구실을 내 세워서 저지른다
집안일을 뒤집어엎을 때나 사업을 뒤집어엎을 때도 구실이
있나
구실을 내 세워도 정당해야 하고 정당한 일이 성공해야
한다
모든 것이 성공하지 못하면 나무람 받고 망하네
혁명도 자기만 하는 것이 아니니까 정당해야 하고
성공해야 한다

작은 일이나 큰일이나 구실을 내 세워서 저지른다
세상을 뒤집어엎을 때나 사업을 뒤집어엎을 때도 구실이
있나
정당한 구실이 없는 것은 정당하지 못하고 성공하지
못한다
정당하지 못한 것은 성공하지 못하고 나무람 받나
혁명도 자기만 하는 것이 아니니까 정당해야 하고
성공해야 한다

# 지만썩

외먹는 것도 지만썩 이난 이렇쿵 저렇쿵 ᄒ지를 마라
줌자는 것도 행동이 다 지만썩 이라네
얼굴도 지만썩이고 목소리도 지만썩 이라서
놈을 이렇쿵 저렇쿵 하지 맙시다
ᄒ 배 도새기도 알록달록 ᄒ는 디 사름은 더홀거여

외먹는 것도 지만썩이난 이렇쿵 저렇쿵 ᄒ지를 마라
노동 일 좋아ᄒ는 사름 일도 다 지만썩 이라네
손금웃도 지만썩이고 특기도 지만썩 이라서
놈을 그런가 이런가 여겨 줍서게
혼 배 도새기도 알록달록 ᄒ는 디 사름은 더홀거여

# 자기만큼

오이 먹는 것도 자기만큼씩 이니까 이렇고 저렇고 하지를
마라
잠자는 것도 행동이 다 자기만큼씩 이라네
얼굴도 자기만큼씩이고 목소리도 자기만큼씩이라서
남을 이렇고 저렇고 하지 맙시다
한 배 돼지도 알록달록 하는데 사람은 더할 거여

오이 먹는 것도 자기만큼씩 이니까 이렇고 저렇고 하지
마라
노동일 좋아하는 사람 일도 다 자기만큼씩이라네
손금도 자기만큼씩이고 특기도 자기만큼씩이라서
남을 그런가 이런가 여겨주세요
한 배 돼지도 알록달록 하는데 사람은 더할 거여

# 놈이 위로 냇물 넘나

이녁이 해사 홀거 ᄒ쟁 안 ᄒᄀ
놈이 해 주난 고맙댄도 안 ᄒᄀ
해 줄티만 배리는 사름 점점 하감저
아이들 때부터 버릇 내우기 따문이여라
어른 되어 가도 지만 팬안ᄒ쟁 훈 따문이여
놈이 위로 냇물 넘쟁 ᄒ는 사름 점점 하감저

이녁이 해사 홀거 ᄒ쟁 안 ᄒᄀ
놈이 해 줄티만 배리고 배린다
놈이 해 주난 해 줄 것으로 알아감저
나쁜 버릇 배우지 말앙 정다슬게 내불라
나쁜 버릇 내우민 늙어도 팬안ᄒ쟁 ᄒ느네
놈이 위로 냇물 넘쟁 ᄒ는 사름 점점 하감저

# 남의 위로 냇물 건는다

자기가 해야 할 거 안 하고
남이 해 주니까 고맙다고 안 한다
해 줄 것만 바라는 사람 많아 간다
아이들 때부터 버릇 길 드리기 때문이여
어른이 되어 가도 자기만 편안 하려고 한 때문이여
남이 위로 냇물 넘으려는 하는 사람 점점 많아진다

자기가 해야 할 거 안 하고
남이 해 줄 것만 바라고 바란다
남이 해 주니까 해 줄 것으로 알아간다
나쁜 버릇 배우지 말고 정다시게 내버려라
나쁜 버릇 길 드리면 늙어도 편안 하려고 하네
남이 위로 냇물 넘으려고 하는 사람 점점 많아진다

# 말만 잘ᄒ민 되카

말은 이그러지게 잘 ᄒᆞᆨ ᄒ는 걸 보민 똥새기여
말보단 행동으로 배려지게 해사 ᄒ느네
말로만은 성사 되지 안 ᄒᆞᆨ 행동이 성사 된다
말도 ᄒᆞᆫ 놈 역 ᄒᆞᆨ 일도 ᄒᆞᆫ 놈 역 해사 ᄒ네
그중에도 일은 세 놈 역 해사 잘 살아진다

말은 이그러지게 잘 ᄒᆞᆨ ᄒ는 걸 보민 똥새기여
말보단 실행으로 성과 있게 해사 ᄒ느네
말은 ᄇ름에 거랑 ᄂ라 나ᄀ 일이 성사 되느네
일도 잘해영 성사 되ᄀ 말도 잘 해사 ᄒ네
그중에도 일은 세 놈 역 해사 잘 살아진다

# 말만 잘하면 될까

말은 야무지게 잘하고 하는 걸 보면 똥 싸게여
말보다 행동으로 보여지게 해야 하네
말로만은 성사되지 안 하고 행동이 성사된다
말도 한 사람 몫하고 일도 한 사람 몫 해야 하네
그중에도 일은 세 사람 몫 해야 잘 살아진다

말은 야무지게 잘하고 하는 걸 보면 똥 싸게여
말 보단 행동으로 성과 있게 해사하네
말은 바람에 거랑 날아 나고 일이 성사되네
일도 잘해서 성사되고 말도 잘해야 하네
그중에도 일은 세 사람 몫 해야 잘 살아진다

# 뒈싸 복닥

아명 뒈싸복닥 흐뎬해도 톡버서지민 안 된다
합당흐게 해사주 너미 초 나게 흐민 문제 된다
쏠값을 흐꺼번에 일 할 올리ᄀ 일당을 일할 올리는 거
되기나 흔 일이ᄀ 잘흐는 일이냐
올려도 추처 올리ᄀ 홈부로 올리지 않는 거여

아명 뒈싸복닥 흐뎅해도 톡버서지민 안 된다
느영 나영 모든 사름덜이 인정 해사 되는 거여
반대흐는 사름이 서도 힘 있누랭 무조건 흐민 안 되주
반대해도 다수결로 막 가도 되카
햄서도 추처 흐ᄀ 홈부로 뒈싸복닥 않는 거여

# 뒤집어엎어 버리는

아무리 뒤집어엎는다고 해도 턱이 벗겨지면 안 된다
합당하게 해야지 너무나 남 달리하면 문제가 된다
쌀값을 한꺼번에 일 할 올리고 일당을 일할 올리는 거
되기나 한 일이고 잘하는 일이냐
올려도 차차 올리고 함부로 올리지 않는 거여

아무리 뒤집어엎는다고 해도 턱이 벗겨지면 안 된다
느영 나영 모든 사람들이 인정해야 되는 거여
반대하는 사람이 있어도 힘 있다고 무조건하면 안 되지요
반대해도 다수결로 막 가도 될까
하고 있어도 차차 하고 함부로 뒤집어엎지 않는 거여

# 허맹이 꿈

누갠들 고대공실 높은 양옥집 지성으네 살구쟁 ᄒ매
ᄌ기 가늠마다 또나난 초가집이 사는 거여
ᄌ신을 생각ᄒ지 안 해영 놀뛰지 말라
ᄌ기 능력에 맞게 집을 짖곡 사는 것이 팬안ᄒ다
허영대영 해영으네 부더지곡 잡바지지 말라

누갠들 고대공실 높은 양옥 집 지성으네 살구쟁 ᄒ매
경훈디 집 어성 천막 속읍에 사는 사름 있저
고대공실 양옥집은 꿈에 불과 ᄒ 거여
ᄌ기 가늠에 맞게 집을 지성 팬안ᄒ게 살아사주
허영대영 해영으네 부더지곡 잡바지지 말라

# 허망의 꿈

누군들 고대공실 높은 양옥집 짓고 살려고 하네
자기 가늠마다 틀리니까 초가집에 사는 거여
자신을 생각하지 안 해서 날뛰지 말라
자기 능력 맞게 집을 짓고 사는 것이 편안한다
허영대영 하여서 엎어지고 넘어지지 말어라

누군들 고대공실 높은 양옥집 짓고 살려고 하네
그런데 집 없어서 천막 속에 사는 사람 있다
고대공실 양옥집은 꿈에 불과한 거여
자기 가늠에 맞게 집을 지어서 편안하게 살아야지요
허영대영 하여서 엎어지고 넘어지지 말라

# 놀 불엉

놀 부렁 감귤도 터러지곡 집도 불려나 볖져
감귤낭은 제주사름덜 추룩 질기도 질긴 낭이여
놀 불어도 꼬딱 안 해영 낭에 붙어 이시난
제주 사름덜 추룩 질기 여름이여
놀 부렁 바당이 뒈사저사 바당 풍년든다
놀 부렁 좋은 사름 있곡 놀 부렁 구진 사름 있나

놀부렁 감귤도 터러지곡 집도 불려나 볖져
제주 사름덜은 질기기도 질긴 사름이여 감귤 추룩
물 어신 고단에 삼 년 ᄀ물아도 살아왔곡
놀 불어도 초가집이서 살아온 사름덜이여
놀 불엉 세상이 뒈싸져사 정신초린다
놀 불엉 좋은 사름 있곡 놀 불엉 구진 사람 있나

# 태풍 불어서

태풍 불어서 감귤도 떨어지고 집도 날려가 버렸다
감귤나무는 제주 사람처럼 질기기도 질긴 나무여
태풍 불어도 까닥 안 해서 나무에 붙어 있으니까
제주 사람처럼 질기기도 질긴 열매여
태풍이 불어서 바다가 뒤집어져야 바다 풍년이 든다
태풍 불어서 좋은 사람 있고 태풍 불어서 나쁜 사람 있다

태풍 불어서 감귤 떨어지고 집도 날려가 버린다
제주 사람들은 질기기도 질긴 사람이여 감귤처럼
물 없는 고장에 삼 년 가물어도 살아왔고
태풍 불어도 초가집에서 살아온 사람들이여
태풍 불어서 세상 뒤집어져야 정신 차린다
태풍 불어서 좋은 사람 있고 태풍 불어서 나쁜 사람 있다

# 팬안만 ᄒᆞ쟁

요새 사름덜은 팬리만 ᄒᆞ쟁 궁리에 궁리를 ᄒᆞ네
애기도 안 낳챙 ᄒᆞ곡 식께 맹질도 안 ᄒᆞ쟁 ᄒᆞ곡
축 ᄒᆞ디도 ᄌᆞ동차 탕 댕기쟁 ᄒᆞ다
팬리만 ᄒᆞ당 보난 몸은 약골 되곡
하간 뱅만 들엉 이디 아프다 저디 아프다 ᄒᆞ네
몸은 뭇전디게 굴엄서사 튼튼ᄒᆞᆫ 몸 된다

요새 사름덜은 팬리만 ᄒᆞ쟁 궁리에 궁리를 ᄒᆞ네
고된 노동 안 ᄒᆞ쟁 ᄒᆞ곡 어려운 일 안 ᄒᆞ쟁 ᄒᆞ곡
축 ᄒᆞᆫ 일도 기갱이로만 ᄒᆞ쟁 ᄒᆞ다
기계 어신딘 강 일도 안 ᄒᆞ쟁ᄒᆞ다
한걸ᄒᆞ게 힘든일 안 해봐도 아픈딘 더 하가네
몸은 뭇전디게 굴엄서사 튼튼ᄒᆞᆫ 몸 된다

# 편안만 하려고

요새 사람들은 편리만 하려고 궁리에 궁리를 하네
애기도 안 낳으려 하고 제사 명절도 안 하려 하고
가까운 데도 자동차 타서 다니려 한다
편리만 하다가 보니까 몸은 약골 되고
여기저기 병만 들어서 여기 아프다 저기 아프다 하네
몸은 못 견디게 굴고 있어야 튼튼한 몸이 되네

요새 사람들은 편리만 하려고 궁리에 궁리를 하네
고된 노동은 안 하려고 하고 어려운 일 안 하려고 하고
작은 일도 기계로만 하려고 한다
기계 없는 데는 가서 일도 안 하려 한다
한가하게 힘든 일 안 해봐도 아픈 데는 더 많아 가네
몸은 못 견디게 굴고 있어야 튼튼한 몸이 되네

# 어느 것이 문저냐


주본이 문져냐 노동이 문저냐 싸움 덜이네
사름은 나민 노동이곡 주본은 밸도로 나사후네
주본이 이서사 공장도 세우곡 기갱이도 사오느네
주본이 어시민 노동자도 일홀디 었나
경후난 주본이 우선이곡 최고엔 후느네


주본이 문저냐 노동이 문저냐 싸움 덜이네
주본이 어시민 회사도 었곡 노동 홀디도 었느네
주본이 서사 글도 후곡 외국도 댕경 왕 능력 있느네
회사 어시민 노동조도 밥 굶게 되느네
경후난 주본이 우선이곡 최고엔 후느네

# 어느 것이 먼저냐

자본이 먼저냐 노동이 먼저냐 싸움들이네
사람은 나면 노동이고 자본은 별도로 나야 하네
자본이 있어야 공장도 세우고 기계도 사오네
자본이 없으면 노동자도 일할 데가 없네
그러니까 자본이 우선이고 최고라고 하네

자본이 먼저냐 노동이 먼저냐 싸움들이네
자본이 없으면 회사도 없고 노동할 때도 없네
자본이 있어야 글도 하고 외국도 다녀와서 능력 있네
회사 없으면 노동자도 밥 굶게 되네
그러니까 자본이 우선이고 최고라고 하네

# 짐바린 골라사

짐바린 고르지 못 ᄒ민 토라정 가지 못 ᄒ다
갱기도 고르지 못 ᄒ민 조미지지 못 ᄒ곡
정치도 고리지 못 ᄒ민 독재가 되네
집도 네 기둥이 고르지 못 ᄒ민 뒈사지곡
모든 것이 골라사 정상이 된다네

짐바린 고르지 못 ᄒ민 토라정 가지 못 ᄒ다
낭도 고르지 못 ᄒ민 센보름에 뒈사지곡
두 가시도 고르지 못 ᄒ민 싸움나 네
눌도 돌아가멍 고르지 못 ᄒ민 쓰러지곡
모든 것이 골라사 정상이 된다네

# 짐바린 비등해야

짐바린 비등하지 못하면 비틀어져서 가지 못한다
경기도 비등하지 못하면 재미지지 못하고
정치도 비등하지 못하면 독재가 되네
집도 네 기둥이 고르지 못하면 뒤집어지고
모든 것이 비등해야 정상이 된다네

짐바린 비등하지 못하면 비틀어져서 가지 못하고
나무도 비등하지 못하면 센 바람에 뒤집어지고
두 부부도 고르지 못하면 싸움이 나네
가리도 돌아가면서 비등하지 못하면 뒤집어지고
모든 것이 비등해야 정상이 된다네

# 입은 뇌뒹

입은 밥만 먹는 입이냐 말 잘ᄀᆞ를 줄 알아사주
놈을 추구리지 못해도 ᄌᆞ기 ᄒᆞᆫ 것도 잘 ᄀᆞᆮ지 못ᄒᆞ느냐
입이 ᄂᆞ슬민 ᄂᆞ쓴 사름되ᄀᆞ 무거우민 무거운 사름 되네
사름이 ᄂᆞ쓸ᄀᆞ 무거운 것 은입에 둘려있져
손발이영 입을 잘 다스리는 것이 춤 사름 되는 거여

입은 밥만 먹는 입이냐 말 잘 ᄀᆞ를 줄 알아사주
놈을 추구리지 못 해도 ᄌᆞ기 생각을 잘 ᄀᆞᆮ지 못ᄒᆞ느냐
말을 어질게 ᄀᆞ르민 어진 사름되ᄀᆞ 꺽지민 꺽진 사름 되네
사름이 어질ᄀᆞ 꺽진 것은 입에 둘려있져
손발이영 입을 잘 다스리는 것이 춤 사름 되는 거여

# 입은 놔두고

입은 밥만 먹는 입이냐 말 잘할 줄 알아야지요
남을 추기지는 못해도 자기 한 것을 잘 말하지 못하느냐
입이 날카로우면 날카로운 사람 되고 무거우면 무거운
사람 된다
사람이 날카롭고 무거운 것은 입에 달려있다
손발이랑 입을 잘 다스리는 것이 참사람 되는 거여

입은 밥만 먹는 입이냐 말 잘할 줄 알아야지요
남을 추기지는 못해도 자기 생각을 잘 말하지 못하느냐
말을 어질게 하면 어진 사람 되고 꺽지면 꺽진 사람 된다
사람이 어질고 꺽진 것은 입에 달려있다
손발이랑 입을 잘 다스리는 것이 참사람 되는 거여

# 양팬 말 들어 봐사

흔팬 말만 들엉 판단 ᄒᆞ민 되카
양팬 말 들엉으네 판단 해사 공정 ᄒᆞ는네
양팬 말 들어도 증거 이성 판단 ᄒᆞ라
증거 어시 말로만 ᄒᆞ는 것은 지은 거여
울며불며 호소해도 증거 어시민 헛거여
헛것에 미청 댕기지도 말곡 ᄒᆞ지도 말라


흔팬 말만 들엉 판단 ᄒᆞ민 되카
공정ᄒᆞ게 ᄒᆞ쟁 ᄒᆞ민 양팬 말 들어사 ᄒᆞ다
아명 팬들구쟁 해도 올바로 말ᄒᆞ라
증거 어시 홈부로 판단 ᄒᆞ지 말아 도라
증거 서도 소도리 ᄒᆞ래 댕기지 말아사곡
헛것에 미청 댕기지도 말곡 ᄒᆞ지도 말라

# 양편 말 들어보아야

한쪽 말만 들어서 판단하면 될까
양쪽 말 들어서 판단해야 공정한 판단하네
양쪽 말 들어도 증거 있어서 판단하라
증거 없이 말로만 하는 것은 지은 거여
울며불며 호소해도 증거 없으면 헛거여
헛것에 미쳐서 다니지도 말고 하지도 말라

한쪽 말만 들어서 판단하면 될까
공정하게 하려고 하면 양쪽 말 들어야 한다
아무리 편들고 싶어도 올바로 말하라
증거 없이 함부로 판단하지 말아 달라
증거 있어도 말 맞추러 다니지 말고
헛것에 미쳐서 다니지도 말고 하지도 말라

# 살려 주난

죽어가는 사름 살려 주난 맥여 도랜 ᄒ네
영혼줄 알아시민 살려 주지나 말컬 ᄒ여 지네
죽을 힘 다 내영 살려주당 보민 엉뚱ᄒ 일 난다
살려 주는 것도 사름 보멍 해사 ᄒ키여
쏙음은 쏙곡 잘 ᄒ댄 ᄒ는 말 못 듣는 신세

죽어가는 사름 살려 주난 맥여 도랜 ᄒ네
영혼줄 알아시민 죽는냥 내부리컬 ᄒ여지네
죽어 가멍 살려주당 보난 더 살려 도랜 ᄒ다게
살려주는 것도 가늠이 이서사 ᄒ느네
쏙음은 쏙곡 잘 ᄒ댄 ᄒ는 말 못 듣는 신세

# 살려 주니까

죽어가는 사람 살려 주니까 먹여달라고 하네
이렇게 할 줄 알았으면 살려 주지나 말 것을 하여 지네
죽을힘 다 내서 살려 주다 보니까 엉뚱한 일 일어난다
살려 주는 것도 사람 보면서 해야 할 것이야
수고하기는 하면서 잘한다는 말을 못 듣는 신세

죽어가는 사람 살려 주니까 먹여 달라고 하네
이렇게 할 줄 알았다면 내버릴 껄 하여지네
죽어가면서 살려 주다가 보니까 더 살려 달라고 한다
살려 주는 것도 가늠이 있어야 하네
수고하기는 하면서 잘한다는 말을 못 듣는 신세

# ㅂ름에 것들

개벼운 것은 다 ㅂ름에 눌아간다
낭썹도 눌아나ㄱ 쭉쟁이도 눌아난다
사름도 개벼우민 ㅂ름에 눌아간다
개벼운 사름은 주체성 어신 사름 덜이여
개벼왕 이리너울 저리너울 ㅎ는 사름이라

개벼운 것은 ㅂ름에 다 눌아 간다
뽈리 집은 낭은 썬보름에 안 눌아난다
사름도 뽈리가 지퍼사 ㅎ는 거여
뽈리 지픈 것은 아는 것이 하ㄱ 주체 이서사
아는 것이 하민 이리 너울 저이 너울 안 혼다

# 바람에 것들

가벼운 것은 다 바람에 날아간다
나뭇잎도 날아가고 쭉정이도 날아간다
사람도 가벼우면 바람에 날아간다
가벼운 사람은 주체성이 없는 사람이여
가벼워서 이리 너울 저리 너울 하는 사람이라

가벼운 것은 바람에 다 날아간다
뿌리 깊은 나무는 센바람에 안 날아간다
사람도 뿌리가 깊어야 하는 거여
뿌리 깊은 것은 아는 것이 많고 주체 있어야
아는 것이 많으면 이리 너울 저리 너울 안 한다

# 돈 것만 먹쟁

요새 사름덜은 돈것만 먹쟁 해영 약골 된다
돈거 먹어나민 쓴 거나 신 거나 먹구쟁 안 ᄒᆞ느네
거친거 쓴 것을 먹어사 위가 튼튼 ᄒᆞᆫ다
사름이 건강은 위장과 근육에 있져
위장은 이것저것 하간 거를 먹어사 ᄒᆞᆫ다
돈것만 먹으민 당료뱅 걸린다 당료뱅

요새 사름덜은 돈것만 먹쟁 해영 약골 된다
돈거 먹어나민 중독 되영 다른 거 먹구쟁 안 ᄒᆞ느네
신경 쓰는 일 어서사 내장이 튼튼 ᄒᆞᆫ다
사름이 건강은 내장과 근육에 있져 머리는 신경쓰지 안
해사 ᄒᆞᆨ
내장 운동으로 튼튼 ᄒᆞ게 단련해사 ᄒᆞᆫ다
돈것만 먹으민 당료뱅 걸리다 당료뱅

# 단것만 먹으려고

요새 사람들은 단것만 먹으려고 해서 약골 된다
단 거 먹고 나면 쓴 거나 신 거 먹고 싶지 않네
거친 거 쓴 것을 먹어야 위가 튼튼하다
사람의 건강은 위장과 근육에 있다
위장은 이것저것 여러 가지 먹어야 한다
단것만 먹으면 당뇨병 걸린다 당뇨병

요새 사람들은 단것만 먹으려고 해서 약골 된다
단거 먹으면 중독되어서 다른 거 먹고 싶지 않다
신경 쓰는 일 없어야 내장이 튼튼하다
사람의 건강은 내장과 근육에 있다 머리는 신경쓰지
않아야 하고
내장 운동으로 튼튼하게 단련해야 한다
단것만 먹으면 당뇨병 걸린다 당뇨병

# 털새

잘 살아 지누랭 털새 부리ㄱ 권력 있누랭 털새 부리지 말라
잘 사는 것도 훈 시절이ㄱ 권력도 훈 시절이여
털새 부리당 보민 신용도 놀아나ㄱ 재산도 놀아 난다
권력이나 재산 있을수록 누릇ᄒ게 살아사주게
털새 부리당 몬닥 망해영 빈 털털이 되영 괄세 받나

잘 사라지누랭 털새 부리ㄱ 권력 있누랭 털새 부리지 말라
언제ㄱ지 잡을 수 없는 것이 권력과 재물이여
털새 부리당 보민 모다치기 당ᄒㄱ 손까락질 당훈다
권력이나 재산 있을수록 놈덜 위해 써사 ᄒ느네
털새 부리당 몬닥 망해영 빈털터리 되영 괄세 받나

# 텃세

잘 살아진다고 텃세 부리고 권력 있노라고 텃세 부리지 말라
잘 사는 것도 한 시절이고 권력도 한 시절이여
텃세 부리다 보면 신용도 날아 나고 재산도 날아 난다
권력이나 재산 있을수록 얌전하게 살아야지요
텃세 부리다가 전부 망해서 빈털터리 되어서 괄시받는다

잘 살아진다고 텃세 부리고 권력 있노라고 텃세 부리지 말라
언제까지 잡을 수 없는 것이 권력과 재물이여
텃세 부리다 집단폭력 당하고 손가락질 당한다
권력이나 재산이 있을수록 남들을 위해 써야 하네
텃세 부리다가 전부 망해서 빈털터리 돼서 괄시받는다

# 의논

세상에 전지전능훈 사름는 ᄒ나도 없단다
사름마다 지혜 기술을 내놓고 의논ᄒ며
더 좋은 생각 맨드라 가민
새로운 것을 창조ᄒ곡 실현 되어서
신 천지를 건설해영 천당극락 된다게

세상에 전지전능훈 사름 은ᄒ나도 없다 게
사름마다 지식 기능을 내놓고 협심ᄒ영
더 좋은 물건 맨드라 가민
새로운 것을 ᄉ용ᄒ곡 윤택ᄒ여서
신천지를 건설ᄒ영 천당극락 된다게

# 의논

세상에 전지전능한 사람은 하나도 없단다
사람마다 지혜 기술을 내놓고 의논하며
더 좋은 생각 만들어 가면
새로운 것을 창조하고 실현되어서
신천지를 건설해서 천당 극락 된다

세상에 전지전능한 사람 하나도 없다
사람마다 지식 기능을 내놓고 협심해서
더 좋은 물건 만들어 가면
새로운 것을 사용하고 윤택하여서
신천지를 건설하여서 천당 극락 된다

# ᄀᆞ랑 모른다

말로 ᄀᆞ랑 모른다 맷번이고 해 봐사 안다
해 봐사 쓴 거 매운 거 괴로운 거 안다
말로만 들어서는 모른다 몸과 대갱이 아파사 안다
이론과 지식만 ᄀᆞ지고 세상을 다 알수 엇나
수많은 경험과 체험 속에 사상이 솟구쳐야 ᄒᆞ네

말로 ᄀᆞ랑 모른다 맷번이고 해봐사 안다
해봐사 슬픈 거 힘든 거 쩐 것을 안다
이론으로 아픈 것보단 몸과 ᄆᆞ음이 아파사 안다
지혜와 능력만 ᄀᆞ지고 세상을 다 알 수 엇다
수많은 경험과 체험속에 사상이 솟구쳐야 ᄒᆞ네

# 말해서 모른다

말로 말해서 모른다 몇 번이고 해 봐야 안다
해 봐야 쓴 거 매운 거 괴로운 거 안다
말로만 들어서는 모른다 몸과 머리가 아파야 안다
이론과 지식만 가지고 세상을 다 알 수 없나
수많은 경험과 체험 속에 사상이 솟구쳐야 하네

말로 말해서 모른다 몇 번이고 해 봐야 안다
해 봐야 슬픈 거 힘든 거 짠 것을 안다
이론으로 아픈 것보다 몸과 마음이 아파야 한다
지혜와 능력만 가지고 세상을 다 알 수 없다
수많은 경험과 체험 속에 사상이 솟구쳐야 한다

# 톡 버서지지 말라

연장이 톡 버서지민 배껴져서 돌아가지 못혼다
배껴지곡 흘처분 연장으로 일호지 못혼다
행동이 톡 버서지민 망난이엔 혼다
망난인 세상의 악마로구나
호다 톡 버서지지 말앙 안전호곡 믿음직혼 세상 맨들라

연장이 톡 버서지민 배껴져서 돌아가지 못혼다
말에서 톡 버서지민 친구는 살아져 가곡
일에서 톡 버서지민 하영 실수호네
하영 실수로 수업이 망호네
호다 톡 버서지지 말앙 안전호곡 미음직혼 세상 맨들라

# 턱 벗어나지 말라

연장이 턱 벗어나면 벗겨져서 돌아가지 못한다
벗겨지고 흘려버린 연장으로 일하지 못한다
행동이 턱 벗겨지면 망나니라고 한다
망나니는 세상에 악마라고 한다
하다 턱 벗겨지지 말고 안전하고 믿음직한 세상 만들라

연장이 턱 벗어나면 벗겨져서 돌아가지 못한다
말에서 턱 벗겨지면 친구는 사라져가고
일에서 턱 벗겨지면 많이 실수 하네
많은 실수로 사업이 망하네
하다 턱 벗겨지지 말고 안전하고 믿음직한 세상 만들라

# 제 5 부

튼네멍 행동ㅎ라

# 한걸ᄒᆞ민

사름은 한걸해 가민 ᄇᆞ름난다
ᄇᆞ름은 치매 ᄇᆞ름 낚시 ᄇᆞ름 덜이여
한걸ᄒᆞ지 안 ᄒᆞ게 곱지게 일을 ᄒᆞ라
곱지게 일ᄒᆞ민 허천 생각 안 난다
한걸ᄒᆞ지 안 ᄒᆞ게 몸을 곱지게 아껴 댕기라

사름은 한걸해 가민 ᄇᆞ름난다
ᄇᆞ름은 화투 보름 오락 ᄇᆞ름 덜이여
일에 미치도록 해영 곱지게 살아사
미치게 일ᄒᆞ민 허천 생각 안 난다
한걸ᄒᆞ지 안 ᄒᆞ게 몸을 곱지게 아껴 댕기라

# 한가하면

사람은 한가해 가면 바람난다
바람은 치맛바람 낚시 바람들이여
한가하지 않게 바쁘게 가져다니라
바쁘게 일하면 허튼 생각 안 난다
한가하지 않게 몸을 바쁘게 가져 다니라

사람은 한가해 가면 바람난다
바람은 화투 바람 오락 바람들이여
일에 미치도록 해서 바쁘게 살아야
미치게 일하면 허튼 생각 안 난다
한가하지 않게 몸을 바쁘게 가져 다니라

# 사름도 철새

사름덜도 생이추룩 놀아 댕기멍 산다
생이추룩 먹을티 초장 놀아 간다
먹을거 어시민 이신드래 놀아 가곡
먹을거 이서도 한들레 놀아 간다
혼밭디 고만이 아장 살아사 이녁광 조상 지킨다

사름덜도 생이추룩 놀아 댕기멍 산다
먹을거 초장 댕기지 말앙 일후라
먹을거 한디 촛장댕기당 뛰싸진다
철새로 사는 것은 발 붙이지 못혼다
혼밭디 고만이 아장 살아사 이녁광 조상 지킨다

# 사람도 철새

사름들도 새처럼 날아다니면서 산다
새처럼 먹을 곳 찾아 날아간다
먹을 거 없으면 있는 곳으로 날아가고
먹을 거 있어도 많은 곳으로 날아간다
한 곳에 가만히 앉아 살아야 자기와 조상 지킨다

사람도 새처럼 날아다니면서 산다
먹을 찾아다니지 말고 일하라
먹을 거 많은 곳에 찾아다니다가 뒤집어진다
철새로 사는 것은 발붙이지 못한다
한 곳에 가만히 앉아 살아야 자기와 조상 지킨다

# 물광 지름

물광 지름은 아명 합치쟁 해여도 합치지 못혼다
합치쟁 홍글곡 저서도 합치지 안 혼다
합치지 못ㅎ는 것을 합치쟁ㅎ는 것이 잘못이여
합치지 못 ㅎ는 것은 그대로 놔두는 것이 좋다
홀 수 없는 것을 억지로 ㅎ는 것은 헛 고생 뿐이여

물광 지름은 아명 합치쟁 해여도 합치지 못 혼다
성질이 또난 사름덜도 합치지 못 혼다
감낭광 배낭이 접붙이지 않는 것처럼 생각ㅎ영
합치지 못ㅎ는 것을 합치쟁 헛고생 ㅎ지 말라
홀 수 없는 것을 억지로 ㅎ는 것은 헛고생 뿐이여

# 물과 기름

물과 기름은 아무리 합치려고 해도 합치지 못한다
합치려고 흔들고 저어도 합치지 않는다
합치지 못하는 것을 합치려 하는 것이 잘못이여
합치지 못하는 것을 그대로 놔두는 것이 좋다
할 수 없는 것을 억지로 하는 것은 헛고생 뿐이여

물과 기름은 아무리 합치려 해도 합치지 못한다
성질이 틀인 사람들도 합치지 못한다
감나무와 배나무가 접붙이지 못하는 것처럼 생각해서
합치지 못하는  것을 합치려고 헛고생 하지말라
할 수 없는 것을 억지로  하는 것은 헛고생 뿐이여

# 사름 속 몰라

열 질 물속은 알아도 혼길 사름 속은 모르는 거여
잘해 주고 친ᄒ니까 정말 잘해 주는 줄 알았는데
잘해 주는 것이 정탐이였고 사기였나
정탐당하고 사기당하여 동녕바치 신세
이젠 사기꾼과 싸울 힘도 용기도 없다
정말 사름 속은 모르는 거여 모르는 거여

열 질 물속은 알아도 혼길 사름 속은 모르는 거여
도와주고 친하니까 정말 잘해 주는 줄 믿었는데
도와준 것이 간첩이었고 사기였구나
큰 알맹이는 잃어 버리곡 동녕바치 신세
이젠 병 얻어 아파 누우니 싸울 힘없다
정말 사람 속은 모르는 거여 모르는 거여

# 사람 속 몰라

열 길 물속은 알아도 한 길 사람 속은 모르는 거야
잘해 주고 친하니까 정말 잘해 주는 줄 알았는데
잘해 준 것이 정탐이었고 사기였나
정탐당하고 사기당하여 거지 신세
이젠 사기꾼과 싸울 힘도 용기도 없다
정말 사람 속은 모르는 거야 모르는 거야

열 길 물속은 알아도 한 길 사람 속은 모르는 거야
도와주고 친하니까 정말 잘해 주는 줄 믿었는데
도와준 것이 간첩이었고 사기였구나
큰 알맹이는 잃어버리고 거지 신세
이젠 병 얻어 아파 누우니 싸울 힘없다
정말 사람 속은 모르는 거야 모르는 거야

# 튼네멍 행동ㅎ라

ᄆ저 튼내영 말 ᄀᆞᆨ 행동 ᄒᆞ라
튼내지 안 해영 행동ᄒᆞ민 허천일 일어난다
튼내지 안 ᄒᆞ민 전화기도 세탁기레 담아 불곡
튼내지 못ᄒᆞ민 말ᄀᆞᆺ당 싸와지느네
사름은 튼내멍 살아가는 동물이여

ᄆ저 튼내영 말 ᄀᆞᆨ 행동 ᄒᆞ라
튼내지 못ᄒᆞ민 잘못ᄒᆞ는 드레 돌아난다
튼내지 안 ᄒᆞ민 밥솥트레 된장 간장 놓아 불곡
튼내지 못ᄒᆞ민 놈이 비밀 ᄀᆞ라지곡
사름은 튼내멍 살아가는 동물이여

# 생각하면서 행동하라

먼저 생각해서 말하고 행동하라
생각 안 해서 행동하면 허발 일 난다
생각하지 않으면 전화기도 세탁기로 담아버리고
생각하지 못하면 말하다가도 싸워 지네
사람은 생각하면서 살아가는 동물이여

먼저 생각해서 말하고 행동하라
생각하지 못하면 잘못하는 곳으로 간다
생각하지 않으면 밥솥으로 된장 간장 놓아버리고
생각하지 못하면 남의 비밀 말해지고
사람은 생각하면서 살아가는 동물이여

# 정신만 추리민

정신 추리민 저승 갔당도 살앙 돌라오곡
호랭이 안티 물려가도 살앙 돌아온다
사름은 정신에 매이는거여 정신 어시민 속물여
진정훈 사름은 바른 정신을 기르곡 연마 훈다
사름 우위 사름 되쟁 ᄒᆞ민 정신능력을 배양해사 훈다
정신이 바르지 못ᄒᆞ곡 발달ᄒᆞ지 못ᄒᆞ민 춤사름이엔 홀 수
었나

정신 추리민 저승갔당도 살앙 돌아오곡
호랭이 안티 물려가도 살앙 돌아온다
정신 발달ᄒᆞ지 안은 사름은 놈이 종되곡 얼먹나
사름은 정신 발달시키는 것에 조미저사 훈다
사름은 정신적 동물이엔 해영 만물이 영장이 되네
정신이 바르지 못ᄒᆞ곡 발달ᄒᆞ지 못ᄒᆞ민 춤 사름이엔 홀 수
없나

# 정신만 차리면

정신 차리면 저승 갔다가도 살아서 돌아오고
호랑이에게 물려가도 살아서 돌아온다
사람은 정신에 달려있는 거여 정신없으면 속물이여
진정한 사람이 되려고 하면 올바른 기르고 연마해야 한다
사람 위에 사람 되려고 하면 정신 능력을 배양해야 한다
정신이 바르지 못하고 발달하지 못하면 참사람이라고 할
수 있나

정신 차리면 저승 갔다가도 살아서 돌아오고
호랑이에게 물려갔다가도 살아서 돌아온다
정신 발달하지 않은 사람은 남의 종 되고 얼먹나
사람은 정신 발달시키는 것에 재미있어야 한다
사람은 정신적 동물이라고 해서 만물의 영장이 되네
정신이 바르지 못하고 발달하지 못하면 참사람이라고 할
수 없나

# 죽엉 강

죽엉 염라대왕 안티 무시거 ᄒᆞ단 오구랜 ᄒᆞᆯ거니
놈덜 위해영 일ᄒᆞ당 오구랜 ᄒᆞᆯ거냐
도둑질 ᄒᆞᆨ 놈만 ᄒᆞ당 오구랜 ᄒᆞᆯ거냐
맹전에 높은 이름만 새경 가민 될것이냐
일ᄒᆞᆫ 것을 역어사 ᄒᆞᆨ 잘ᄒᆞᆫ 일을 역어사 ᄒᆞᆯ거여

죽엉 염라대왕 안티 무시거 ᄒᆞ단 오구랜 ᄒᆞᆯ거니
잘 먹ᄀᆞ 즐기멍 놀당 오구랜 ᄒᆞᆯ거냐
이녁만 위해영 일ᄒᆞ당 오구랜 ᄒᆞᆯ거냐
비석에 높은 이름만 새겨 놓으민 될거냐
일ᄒᆞᆫ 것을 역어사 ᄒᆞᆨ 잘ᄒᆞᆫ 일을 역어사 ᄒᆞᆯ거여

# 죽어서 간다

죽어서 염라대왕에게 무엇을 하다가 왔다고 할 거냐
남을 위해서 일하다가 왔다고 할 거냐
도둑질하고 놀기만 하다가 왔다고 할 거냐
명전에 높은 이름만 새겨서 가면 될 것이냐
일한 것을 역어야 하고 잘한 일을 역어야 할 거야

죽어서 염라대왕에게 무엇을 하다가 왔다고 할 거냐
잘 먹고 즐기면서 놀다가 왔다고 할 거냐
자기만 위해서 일하다가 왔다고 할 거냐
비석에 높은 사람 이름만 새겨 놓으면 될 거냐
일한 것을 역어야 하고 잘한 일을 역어야 할 거야

# 하늘보다 높은쟁

아명 높으쟁 돗ᄀᆞ 놀아도 다 하늘 아래 있저
하늘 아래 이시멍 하늘 보다 높으쟁 해영 놀뛴다
다들 하늘 아래 이시매 겸손ᄒᆞᄀᆞ 고개 숙영 댕기라
울랫 쪽짝 해영 댕기지 마랑 소ᄀᆞ 해영 댕기라
겸손해영 놈을 섬기민 하늘추룩 웃주와 준다

아명 높으쟁 돗고 놀아도 다 하늘 아래 있저
하늘 아래 이시멍 은덕 생각 ᄒᆞ지 못 해영 놀뛴다
높을수록 고개 숙이ᄀᆞᆨ 할수록 놈안티 베풀엉 살라
높은 드래만 배리지 말랑 늣은 드래도 배리라
겸손해영 놈을 섬겨사 하늘추룩 웃 주와준다

# 하늘보다 높으려고

아무리 높으려고 뛰고 날아도 다 하늘 아래 있다
하늘 아래 있으면서 하늘보다 높으려고 해서 날뛴다
다들 하늘 아래 있으므로 겸손하고 고개 숙여서 다니라
우쭐 대면서 다니지 말고 다소곳해서 다니라
겸손해서 남을 섬기면 하늘처럼 높이 모셔준다

아무리 높으려고 뛰고 날아도 다 하늘 아래 있다
하늘 아래 있으면서 은덕 생각하지 못해서 날뛴다
높을수록 고개 숙이고 많을수록 남에게 베풀면서 살라
높은 곳으로만 쳐다보지 말고 낮은 곳으로도 쳐다보라
겸손해서 남을 섬겨야 하늘처럼 높이 모셔준다

# 흔적

사름이 흔적어시 살 수 었댄 ㄱ라라
짐승도 댕겨난 흔적이 남는디 사름이 어시키냐
사름이 흔적을 냉길바에는 좋은 흔적을 냉겨사 혼다
이왕에 냉기는 흔적 조상에게도 좋고
후손들에게도 좋은 흔적 냉겨사 혼다
좋은 흔적 냉기쟁 맹심ᄒᆞ곡 손발이 터지게 일ᄒᆞ네

사름이 흔적 어시 살 수 었댄 ㄱ라라
낭도 살아난 흔적 남는디 사름이 흔적 어시키냐
이왕에 흔적 냉길 바에는 찬양받는 흔적 냉겨사 혼다
이왕에 냉기는 흔적 세상이 물강 좋고
세상 사름에게 좋은 흔적 냉겨사 혼다
좋은 흔적 냉기쟁 맹심ᄒᆞ곡 손발이 터지게 일ᄒᆞ네

# 흔적

사람이 흔적 없이 살 수 없다고 말하여라
짐승도 다닌 흔적이 남는데 사람이 흔적이 없겠느냐
사람이 흔적을 남길 바에는 좋은 흔적을 남겨야 한다
이왕에 남기는 흔적 조상에게 좋고
후손에게도 좋은 흔적 남겨야 한다
좋은 흔적 남기려고 명심하고 손발이 터지게 일하네

사람이 흔적 없이 살 수 없다고 말하여라
나무도 살아난 흔적 남는데 사람이 흔적 없겠느냐
사람이 흔적 남길 바에는 찬양받는 흔적 남겨야 한다
이왕에 남기는 흔적 세상이 맑아서 좋고
세상 사람에게 좋은 흔적 남겨야 한다
좋은 흔적 남기려고 명심하고 손발이 터지게 일하네

# ㄱ미지게

사름은 먹음만 해영 못살곡 일만 해여도 못 산다
먹으멍 일ᄒ멍 ᄌ미지게 살아사주
ᄌ미지게 살민 웃어지곡 웃으민 젊어 진다
젊어사 건강ᄒ곡 일도 잘 해지느네
ᄌ미지게 사는 법을 알곡 ᄌ미지게 살아보세

사름은 먹음만 해영 못 살곡 일만 해여도 못 산다
무신거라도 ᄌ미저사 잘 살아진다
ᄌ미지지 안 ᄒ민 실퍼지곡 ᄄ난 생각난다
ᄄ 생각 안 나게 ᄌ미지게 해사ᄒ다
ᄌ미지게 사는 법을 알곡 ᄌ미지게 살아보세

# 재미있게

사람은 먹음만 해서 못 살고 일만 해서도 못산다
먹으면서 일하면서 재미있게 살아야지요
재미있게 살면 웃어지고 웃어지면 젊어진다
젊어야 건강하고 일도 잘해진다
재미있게 사는 법을 알고 재미있게 살아보세

사람은 먹음만 해서 못 살고 일만 해서도 못산다
무엇이든지 재미있어야 잘 살아진다
재미있지 않으면 싫어지고 다른 생각난다
따른 생각 안 나게 재미있게 해야 한다
재미있게 사는 법을 알고 재미있게 살아보세

# 촐람생이

촐람생이 질 해봐도 잘 났쟁 안 혼다 촐람생이질 구만 ᄒ라
잘난 사름은 ᄀ만이 일 햄시민 다른 사름덜이 알아준다
사름덜 안티 알아 도랜 초장 댕겨봐도 헛이여
일 못ᄒ는 사름이 더 촐랑거리멍 촐람생이 된다
이녁 일 잘 해영 칭찬받곡 훌륭혼 사름 나라

촐람생이 질 해봐도 잘 났쟁 안 혼다 촐람생이질 그만 ᄒ라
촐람생이질 안해도 일 잘해염시민 웃좌주곡 칭찬받나
이녁이 잘 되어가민 촐람생이질 ᄒ당 뒷사진다
촐람생이질 ᄒ지마랑 맏은 일이나 잘해사ᄒ주
이녁 일 잘 해영 칭찬받곡 훌륭혼 사름 나라

# 요망 진 채

요망 진 채 해봐도 잘 났다고 안 한다 요망 진 채 그만하라
잘난 사람은 가만히 일하고 있으면 다른 사름덜이
알아준다
사람들에게 알아달라고 찾아 다녀봐도 헛일이여
일 못하는 사람이 더 요망 진 채하면서 요망 진 채한다
자기 일 잘해서 칭찬받고 훌륭한 사람으로 나라

요망 진 채 해봐도 잘 났다고 안 한다 요망 진 채 그만하라
요망 진 채 안 해도 일 잘하고 있으면 다른 사람들이
존경하고 칭찬받나
자기가 잘 되어 가면 요망진 채하다가 뒤집어진다
잘난 체 하지 말고 맡은 일이나 잘해야지요
자기 일 잘해서 칭찬받고 훌륭한 사람으로 나라

# 출영 댕기는거 보민

사름은 출령 댕기는 거 보민 서늉을 알아진다
옷을 단정ᄒ게 출령 댕기민 단정ᄒᆫ 사름되곡
헐 빠진 옷 걸청 댕기민 맬라진 사름 담곡
헐 빠진 고물차 탕 댕기민 가난ᄒ게 배려지곡
고급승용차 탕 댕기민 부재로 배려진다
가늠에 맞게 잘 출령 살앙으네 환영받으라

사름은 출령댕기는거 보민 서늉을 알아진다
얼굴이 삔찍삔찍ᄒ게 출령 댕기민 건강ᄒ곡
얼굴이 헬쑥해영 댕기민 뱅든 사름 담곡
헐어 빠진 초가집에 살민 가나ᄒ게 배려진다
고대광실 양옥집에 살민 부재로 배린다
가늠에 맞게 잘 출령 살앙으네 환영받으라

# 차려 다니는 거 보면

사람은 차려서 다니는 거 보면 시늉을 알아진다
옷을 단정하게 차려 다니면 단정한 사람 되고
헐 빠진 옷 걸쳐서 다니면 망가진 사람 닮고
헐 빠진 자동차 타서 다니면 가난하게 보이고
고급승용차 타서 다니면 부자로 보인다
가늠에 맞게 잘 차려 살아서 환영받으라

사람은 차려서 다니는 거 보면 시늉을 알아진다
얼굴이 뻔쩍뻔쩍하게 차려서 다니면 건강하고
얼굴이 핼쑥해서 다니면 병든 사람 닮고
헐어 빠진 초가집에 살면 가난하게 보인다
고대광실 양옥집에 살면 부자로 보인다
가늠에 맞게 잘 차려 살아서 환영받으라

# 할락산을 배림만 해영

할락산을 배림만해여도 잘 살아질 거냐
옛날에는 할락산이 올라강 먹을 거 해와신디
저밤이영 ᄃᆞ래영 타 먹으멍 살아신디
요새는 할락산을 문화재엔 해영 ᄭᆞ닥 못 ᄒᆞ게 혼다
할락산을 보전ᄒᆞ멍 소출나게 해사혼다
할락산에서 수입이 나사 트더 먹으멍 잘 살아진다

할락산을 배림만해여도 잘 살아질거냐
옛날에 할락산이서 물광 쉐도 키왕 살아신디
요새는 등산질 외엔 못댕기게 해 부난
할락산이서 수입나는 거 이서사 잘 살아 먹을 건디
할락산을 보존ᄒᆞ멍 트어먹엉 살게 해사주
할락산이서 수입이나사 트어 먹으멍 잘 살아진다

# 한라산을 바라보기만 해서

한라산을 바라보기만 하여도 잘 살아질 거냐
옛날에는 한라산에 올라가서 먹을 거 해왔는데
구슬밤이랑 다래랑 따 먹으면서 살았는데
요새는 한라산을 문화재라고 해서 까딱 못하게 한다
한라산을 보전하면서 수입 나게 해야 한다
한라산에서 수입 나야 뜯어먹으면서 잘 살아진다

한라산을 바라보기만 하여도 잘 살아질 거냐
옛날에는 한라산에서 말과 소도 키우면서 살았는데
요새는 등산길 외엔 못 다니게 해 버리니
한라산에서 수입 나는 거 있어야 잘 살아 먹을 건데
한라산을 보존하며 뜯어먹고 살게 해야지요
한라산에서 수입이 나야 뜯어먹으면서 잘 살아진다

# 아덜 아덜 도깨 아덜

아덜 아덜 도깨 아덜 훈들러사 돌아가는 도깨 아덜
이녁냥으로 행동 ᄒ지 못 해영 훈들러사 돌아가네
자동으로 알앙으네 돌아가사 ᄌ율적 사름된다
언제ᄁ지나 놈 안티 의지 ᄒ멍 살거니
이녁냥으로 가늠ᄒ멍 잘 살쟁 힘쓰곡 노력ᄒ라

아덜 아덜 도계 아덜 훈들러사 돌아가는 도깨 아덜
나이가 설흔이 넘어가도 이녁냥으로 살지 못 해영
어멍광 아방이 도와주어사 살아 가는 도깨 아덜
이녁냥으로 ᄌ립 ᄒ멍 살아사 홀 건디
이녁냥으로 가늠 ᄒ멍 잘 살쟁 힘쓰곡 노력ᄒ라

# 아들 아들 도리깨 아들

아들 아들 도리깨 아들 돌려야 돌아가는 도리깨 아들
자기대로 행동하지 못해서 돌려야 돌아가네
자동으로 알아서 돌아가야 자율적 사람 된다
언제 까지나 남에게 의지하면서 살 거니
자기대로 가늠하면서 잘 살려고 힘쓰고 노력하라

아들 아들 도리깨 아들 돌려야 돌아가는 도리깨 아들
나이가 서른이 넘어가도 자기대로 살지 못해서
어머니와 아버지가 도와주어야 살아가는 도리깨 아들
자기대로 자립하면서 살아야 할 건데
자기대로 가늠하면서 잘 살려고 힘쓰고 노력하라

# 날 돌아다 놓앙으네

나안티 시집만 오민 놀멍 매겨 주키여
호는 말 들엉으네 시집왕 보거들랑
집은 놈이집이 곡 밧 돌랭이도 어신디 시집왔저
날 쉐긴 걸 보민 원수이곡 지와 불쟁해여도
호릇밤 정도 정이랑 떠나지 못햄수다
이왕에 뒈사진 몸 정들멍 살아가사주


나안티 시집만 오민 놀멍 매겨 주키여
호는 말 들엉으네 시집왕 보거들랑
직장도 엇곡 일홀 줄 모르는 사름아티 시집왔저
날 쉐긴 걸 보민 설러아정 오쟁해여 불어도
그 사름 정체 보난 도와주어사 호크라
이왕에 뒈사진 몸 정들멍 살아가사주

# 나를 데려다 놓아서

나에게 시집만 오면 놀면서 먹여 주겠다고
하는 말 듣고 시집와 보거들랑
집은 남의 집이고 작은 밭도 없는데 시집왔다
나를 속인 걸 보면 원수이고 지워 버리려고 해도
하룻밤 정도 정이라 떠나지 못합니다
이왕에 뒤집어진 몸 정들면서 살아가야지요

나에게 시집만 오면 놀면서 먹여 주겠다고
하는 말 듣고 시집와 보거들랑
직장도 없고 일할 줄 모르는 사람에게 시집왔다
나를 속인 것을 보면 짐 싸 가지고 오려고 하여도
그 사람 정체 보니까 도와주어야 할 거라
이왕에 뒤집어진 몸 정들면서 살아가야지요

# 맹구 훈마디

맹구를 익히멍 튼내멍 실천해영 살아가사주
맹구는 사름덜이 사는디 나침반이여
맹구를 모르민 눈앞이 콤콤ᄒᆞ곡 갈티 모른다
맹구는 나를 지키곡 발전ᄒᆞ게 ᄒᆞ며 빛나게 ᄒᆞ네
맹구를 하영 알곡 실행 해영 잘살아가라

맹구를 튼내멍 익히멍 실천해영 살아가사주
맹구는 사름이 살아가는 가늠자이여
사름은 맹구에 의해영 걸어가곡 살아가느네
맹구는 나를 빛나게 ᄒᆞ곡 발전ᄒᆞ는 등불이여
맹구를 하영 알곡 실행해영 잘 살아가라

# 명구 한 마디

명구를 익히면서 생각하면서 실천해서 살아가야지요
명구는 사람들이 사는데 나침반이여
명구를 모르면 눈앞이 캄캄하고 갈 곳을 모른다
명구는 나를 지키고 발전하게 하며 빛나게 하네
명구를 많이 알고 실행해서 살아가라

명구를 생각하며 익히면서 실천해서 살아가야지요
명구는 사람들이 살아가는 가늠자여
사람은 명구에 의해서 걸어가고 살아가네
명구는 나를 빛나게 하고 발전하는 등불이여
명구를 많이 알고 실행해서 잘 살아가라

# 고생 끝에 낙이 온다

고생 안 해 본 사름은 고생이 무시 건중 모른다
고생해여 봐사 귀천도 알곡 낙도 안다
귀천을 알암시민 귀훈 일 해영 잘 살아 지느네
귀훈 일 모르민 귀훈 일 훌 수 었곡 못 사느네
고생해 봐사 정신도 츳리곡 좋은 일 해진다

고생 안 해본 사름은 고생이 무시 건중 모른다
고생은 경험장 교훈되영 나침반 된다
나침반 이서사 이녁 훌 일 갈티 츳장 가 지느네
이녁 갈티 모른 사름은 훌 일도 모르곡 산다
고생해 봐사 정신도 츳리곡 좋은 일 해진다

# 고생 끝에 낙이 온다

고생 안 해 본 사람은 고생이 무엇인지 모른다
고생해 봐야 귀천도 알고 낙도 안다
귀천을 알고 있으면 귀한 일 해서 잘 살아가네
귀한 일 모르면 귀한 일 할 수 없고 못사네
고생해 봐야 정신 차리고 좋은 일 해진다

고생 안 해 본 사람은 고생이 무엇인지 모른다
고생은 경험장 교훈되어서 나침반 된다
나침반 있어야 자기 할 일 갈 곳 찾아가지네
자기 갈 곳 모른 사람은 할 일도 모르고 산다
고생해 봐야 정신 차리고 좋은 일 해진다

# 누겔 의지 ᄒᆞ코

혼자는 못사는 것이 사름이여 괴는 사름 이서사 ᄒᆞ주
어린 때는 부모 성제 의지 해영 성장ᄒᆞᆨ
늙어 가민 ᄌᆞ식덜 의지해영 편안히 지낸다
의지홀 디 어시민 혼자 둥글러댕기민 그만인다
젊으나 늙으나 사름은 의지홀 디 메영산다

혼자는 못사는 것이 사름이여 괴는 사름 이서사 ᄒᆞ주
젊은 때는 은사 친구 의지해영 성장 ᄒᆞᆨ
늙어 가민 연금에 의지해영 팬안히 지낸다
의지홀디 어시민 외톨이 되ᄀᆞᆨ 박접 받으멍 산다
젊으나 늙으나 사름은 의지홀 디 메영 산다

# 누구를 의지할까

혼자는 못 사는 것이 사람이여 사랑하는 사람 있어야
하지요
어릴 때는 부모 형제 의지해서 성장하고
늙어 가면 자식들 의지해서 편안히 지낸다
의지할 데 없으면 혼자 굴러다니면 그만이다
젊으나 늙으나 사람은 의지할 곳에 메여서 산다

혼자는 못 사는 것이 사람이여 사랑하는 사람 있어야
하지요
젊을 때는 은사 친구 의지해서 성장하고
늙어 가면 연금에 의지해서 편안히 지낸다
의지할 곳 없으면 외톨이 되고 박대받으며 산다
젊으나 늙으나 사람은 의지할 곳에 메여서 산다

# 먹은 오뭉

먹은 오뭉ᄒ는 것이 짐승이ᄀ 사름이여
먹은 오뭉ᄒ지 못 ᄒ민 성인뱅 들ᄀ 아픈다
얻어먹어도 먹은 오뭉ᄒ지 않으민 욕 먹나
경ᄒ난 공거 먹쟁ᄒ지마랑 이녁냥으로 살라
공거 먹은 오뭉ᄒ당보민 종 되ᄀ 창지 터진다

먹은 오뭉ᄒ는 것이 짐승이ᄀ 사름이여
먹은 오뭉ᄒ당 보민 건강ᄒᄀ 튼튼해진다
얻어 먹당보민 게와치되ᄀ 놈이 종된다
이녁일 ᄒ멍 살앙 공거 먹쟁ᄒ지 말라
공거 먹은 오뭉ᄒ당 보민 종 되ᄀ 창지 터진다

# 먹은 값 일

먹은 값의 일하는 것이 짐승이고 사람이여
먹은 값의 일을 하지 못하면 성인병 들고 아픈다
얻어먹어도 먹은 값의 일하지 않으면 욕먹나
그러니까 공짜 먹으려고 하지 말고 자기대로 살아라
공짜 먹은 값의 일하다가 보면 종 되고 창자 터진다

먹은 값의 일하는 것이 짐승이고 사람이여
먹은 값의 일 하다가 보면 건강하고 튼튼해진다
얻어먹다 보면 거지되고 남의 종 된다
자기 일하면서 살아 공짜 먹으려고 하지 마라
공짜 먹은 값의 일하다가 보면 종 되고 창자 터진다

# 이녁만 살쟁

이녁만 살쟁 산드래 오르민 살아질 거냐
사름은 사회적 동물이라서 홈치 곧지 살아사ᄒ주
동물덜도 끼리끼리 모영 살아가는디
사름덜도 모영 서로 의지ᄒ멍 살아가사주
서로 서로 친ᄒ멍 협심ᄒ영 곧지 살아사주

이녁만 살쟁 산드레 올르민 살아질 거냐
사름은 문화적 동물이라서 서로 배우멍 살아가세
푸습세도 끼리끼리 모영 살아가는디
사름덜도 모다들엉 협동ᄒ멍 살아가사주
서로서로 친ᄒ멍 협심ᄒ멍 곧지 살아가세

# 자기만 살려고

자기만 살려고 산으로 오르면 살아질 거냐
사람은 사회적 동물이라서 함께 같이 살아야 하지요
동물들도 끼리끼리 모여서 살아가는데
사람들도 모여들어서 협동하며 살아가야지요
서로서로 친하면서 협심해서 살아야지요

자기만 살려고 산으로 오르면 살아질 거냐
사람은 문화적 동물이라서 서로 배우면서 살아가세
풀잎도 끼리끼리 모여서 살아가는데
사람들도 모여들어서 협동하면서 살아가야지요
서로서로 친하면서 협심하면서 살아가세

# 제주 창작민요 속에 내포된 알레고리

박 현 솔 (시인, 문학박사)

민요는 민중들 사이에서 저절로 생겨나서 생업과 세시 풍속, 놀이 등에서 집단적인 행위를 통해 구전되었다. 일과 의식과 놀이는 민중의 생활과 직접적으로 맞물려 있다. 생활의 필요에 따라 생성되고 존속되기 때문에 자족적인 동기에 의해 홀로 즐기거나 함께 즐기면서 민중의 생각을 자유롭게 담아낼 수도 있었다. 그렇게 민요는 주제가 개방되어 있고 즉흥적으로 가사를 지어 부르거나 필요에 따라 고쳐 부르는 일이 자연스럽게 행해진다. 그래서 민요의 언술에는 주체성이 살아 있고, 합리적인 현실에는 순응하지만 불합리한 모순에는 강한 문제의식을 드러낸다. 또 이처럼 주제가 개방되고, 언술이 주체적이며, 문제의식이 강하다는 것은 모든 세상사가 주제가 될 수 있고, 민중의 생각과 정서를 마음껏 표출할 수 있으며, 현실의 불합리를 극복해

나갈 수 있음을 의미한다.

한편 알레고리는 어떤 관념이나 교훈적인 것을 전달하기 위해서 서사시, 설화, 민요 등의 형식들을 이용하는데 거기에 등장하는 인물들을 통해서 추상적인 의미의 선과 악을 표현한다. 즉 하나의 관념적 주제를 말하기 위해서 보조 관념을 사용하여 그 유사성을 적절히 암시하며 주제를 나타내거나 풍자하는 표현 방법이다. 그리고 역사·정치적 알레고리는 작중 인물과 행위가 실제의 역사적 인물 또는 사건을 지시할 때 사용되고, 관념의 알레고리는 추상적 개념을 나타내는 경우에 사용된다. 이번에 출간되는 오안일 시인의 『제주어에 의한 제주창작민요집』에서도 화자가 올바른 것과 그른 것의 양상을 드러내면서 그로 인해 나눠지는 선과 악의 기준들을 통해서 교훈적이고 도덕적인 삶의 의미를 확인하게 된다.

그런데 오안일 시인이 왜 서정시나 시조, 수필이 아닌 창작민요를 쓰게 되었을까. 가장 먼저 생각해볼 수 있는 것은 시인으로서 장르의 한계를 뛰어넘고자 하는 의도에서 비롯되었을 수가 있고, 두 번째로는 독특한 지리적 환경과 생활 양식을 가지고 있는 제주인들의 공동체 의식을 널리 알리고자 하는 의도에서 비롯되었거나, 세 번째로 전직 교육자로서 느낀 사명감과 책임의식 등에서 창작민요의 필요성을 절감했을 수가 있다. 이유가 어찌 되었건 제주 창작민요는 제주도 민중들의 삶을 근거리에서 조망하고 그들과 함께 호흡하면서 오랜 세월을 함께 지낸 삶의 내력이 있어야 가능한 것이기에 오안일 시인에게는 매우 적합한 작업이라고 할 수가 있다. 그리고 신화가 발달한 제주에서 신화뿐만이 아니라 문화와 환경, 공동체 의식을 살펴볼 수 있는 창작민요의 기초를 닦는 일이기에 제주어 창작민요집의 발간 의미가 더욱 크다고 할 것이다.

이번 『제주어에 의한 제주창작민요집』에는 두 가지의 주된 흐름이 있는데 그것은 척박한 환경을 이겨내고 풍성한 삶을 일궈낸 제주인들 삶의 성과들에 대한 것과 또 하나는 제주 문화의 형성과정에서 터득한 여러 지혜 등이 포함되어 있다. 그리고 제주어로 쓴 창작민요와 그것을 표준어로 해석한 창작민요가 함께 배치되어 있어서 일반 대중들이 모두 공감할 수 있는 창작민요로 발돋움하기를 바라는 저자의 의도가 반영된 것이라고 할 수 있다. 더불어서 창작민요의 1절과 2절 줄마다 운율을 맞게 하여 곡을 붙이기 좋게 하였는데 이것은 가사로써의 역할을 감안한 것이다.

## 1. 제주의 척박한 환경을 이겨내고 일궈낸 삶의 성과들

①

해녀는 칠성판 지고서 바다에 들어간다
이때나 저때나 죽을 고비 수십 번 넘기면서 물질하고 온다

서방님은 죽을 고비 넘기면서 해서 온 거 안 먹겠다고 한다
물질하는 거 너무나 칭원 하고 불쌍한 일이여 마는
살려고 하면 할 수 없이 했어야 한다 잘 살려고 하는 노릇이여

해녀는 칠성판 지고서 바다에 들어간다
깊은 바다에 들어가면 숨차고 돌로 눌러버린다
아이들은 바다의 것 맛있다고 염치없이 먹어버린다
죽을 고비 수십 번 넘기면서 물질하며 사는 우리 각시
살려고 하면 할 수 없이 살아야 한다 잘 살려고 하는 노릇이여

　　　　　　　　　　　－「칠성판을 지고 산다」 전문

②

제주 땅은 왜 이렇게 푹신해서 밟으면 다져야만 하는 고
밭을 밟아 다지지 않으면 씨 나지 않고 잘 크지 못하네
푹신한 땅에 단단하게 다져지게 밟아 다져야 한다
이랴 이랴 이 소야 높은 곳만 밟으라
일하는 거 닮게 주인 생각하면서 걸으라
무조건 걷기만 하면 너만 못견디네

제주 땅은 왜 이렇게 푹신해서 밟으며 다져야만 하는 고
푹신한 땅 밟아 다져야 탄탄해져서 씨도 나고 잘 자란다
제주 땅은 푹신해서 일하는 데는 좋다고 하더라
이랴 이랴 아니 밟아 난 곳만 밟아 다지라
이왕에 하는 일 잘해야 먹이(꼴)도 잘 준다
무조건 걷기만 하면 너네만 못견디네

　　　　　　　　　　　－「밭 다지며 밟는 소리」 전문

③

아리랑 아리랑 길은 꼬부랑 길 위험한 길
한라산 가운데 길은 꼬부라지고 비탈진 데가 많은 길
가깝게 가는 길이 길이라고 해도 돌아서 가는 길처럼 하라
네비는 한라산 길로 가라고 하지마는 돌아가는 길로 가라
꼬부라지고 비탈져서 위험한 때문에 돌아가라

아리랑 아리랑 길은 꼬부랑 길 위험한 길
높은 데로 올라가다가 내려가려고 하면 떨어질 데가 많은 길
가깝다고 한라산 아리랑 길로 가지 말고 돌아서 가라
눈 오는 날에 미끄럼 타는 날이여 한라산 길로 가지 마라
꼬부라지고 비탈져서 위험한 때문에 돌아가라

- 「서귀포 아리랑 3」 전문

④

태풍 불어서 감귤도 떨어지고 집도 날려가 버렸다
감귤나무는 제주 사람처럼 질기기도 질긴 나무여
태풍 불어도 까닥 안 해서 나무에 붙어 있으니까
제주 사람처럼 질기기도 질긴 열매여
태풍이 불어서 바다가 뒤집어져야 바다 풍년이 든다
태풍 불어서 좋은 사람 있고 태풍 불어서 나쁜 사람 있다

태풍 불어서 감귤 떨어지고 집도 날려가 버린다
제주 사람들은 질기기도 질긴 사람이여 감귤처럼
물 없는 고장에 삼 년 가물어도 살아왔고
태풍 불어도 초가집에서 살아온 사람들이여
태풍 불어서 세상 뒤집어져야 정신 차린다

태풍 불어서 좋은 사람 있고 태풍 불어서 나쁜 사람 있다

– 「태풍 불어서」 전문

제주도의 척박한 자연환경은 사람에게도 동물에게도 모두 고통스러운 조건이었고 대다수의 사람들이 회피하고 싶은 것이었지만 반드시 극복해야만 하는 필연적인 것이었다. 그 가운데에서 직업적으로 봤을 때 가장 열악한 환경에서 일하는 직업 1순위는 해녀였다. ①에서 해녀는 깊은 물속으로 해산물을 따러 들어가면서 귀와 뇌로 압력을 받고 죽음에 대한 두려움도 느껴야 했다. 그래서 "해녀는 칠성판 지고서 바다에 들어간다"는 말이 있는데 칠성판(七星板)은 관 속 바닥에 까는 널판으로 북두칠성을 본뜬 7개의 구멍이 있고 염습한 시신을 눕히는 자리다. 예고 없이 자신에게 닥칠 죽음을 생각하는 공간이 깊은 바닷속이기에 해녀는 칠성판을 지고 죽음 언저리를 맴돌다가 다시 삶으로 귀환하는 운명을 살아가게 되는 것이다.

그런데 그 모든 일의 근원은 가족이고 가족의 생계를 위해서 죽을 고비를 매번 넘기면서도 그러한 삶의 조건과 환경을 이겨내려고 용기를 내는 것이 제주 해녀들이다. 이 시의 화자는 "각시"가 힘들게 잡아오는 해산물을 먹지 못하지만 자식들은 맛있다고 얼른 집어먹는다. 엄마의 노동을 이해하기에는 아직 어린 자식들과 매번 죽을 고비를 넘기

는 부인에게 미안하고 가장의 역할을 다하지 못한 죄책감을 가지고 있는 남편의 입장이 대비를 이루고 있다. 그리고 가정을 위해서 무능한 남편을 원망하지 않고 죽음을 무릅쓰고 일해야 하는 제주 여성의 강인함과 헌신이 잘 드러나고 있다. 즉 생존이라는 엄중한 상황에 놓여있는 해녀와 그녀의 가족사는 비극적이면서 안타까움을 자아내고 있다.

척박한 제주의 환경을 이겨내는 데에는 동물의 도움이 필수적이었는데 특히 소는 온갖 노동의 최전선에서 인간을 위해서 많은 희생을 치르곤 하였다. 제주도의 땅은 토질이 푹신해서 밟으면서 다져야 하는 곳으로 푹신한 땅을 단단하게 다지는 역할을 주로 소가 맡아서 하였다. ②에서 화자는 함께 일하는 소에게 이런 토질이 소의 입장에서는 오히려 일하기 좋은 조건이라고 하면서 제대로 잘 다지기를 요구하고 있다. "무조건 걷기만 하면 너네만 못견디"니까 "이왕에 하는 일 잘해야 먹이(꼴)"도 보장된다고 소에게 동기를 부여하는 모습에서 짙은 해학성도 느낄 수가 있다. 그리고 소와 주인의 관계를 현대적으로 해석하면 노동자와 사용자의 관계로 설정해볼 수 있는데 사용자는 노동자들이 자신의 뜻과 목적을 잘 알고 능동적으로 일을 해서 빨리 효과가 나타나기를 요구하고 더불어서 노동자들이 요령을 부려서 제대로 된 보상을 받지 못하는 일이 없도록 최선을 다할 것을 당부하고 있다.

③에서 화자는 한라산 "가운데 길"은 지름길로 "꼬부라지고 비탈진 데가 많"아서 위험하기에 "아리랑 길"로 가지 말고 돌아서 가라고 조언한다. 특히 눈이 와서 미끄러지기 쉬운 날에는 더 큰 위험이 도사리고 있기에 그 길로 가지 말라고 강하게 만류하고 있다. 인생에 있어서도 요행을 바라지 말고 최선의 노력을 하면서 살아가라는 교훈을 전해주고 있다. 욕심 때문에 모든 것을 잃는 것보다 세상 이치에 맞게 성실하게 살아가라는 의미로 해석될 수가 있다. 한라산과 관련이 있는 다른 시로 「한라산을 바라보기만 해서」가 있는데 예전에는 "한라산에 올라가서 먹을 거 해왔"고 "말과 소도 키우면서 살았는데" 언젠가부터 문화재로 지정하면서 그 길이 다 막혀서 예전보다 형편이 못하다고 생각한다. 그래서 "한라산을 보전하면서 수입"이 나게 해야 제주 사람들이 잘 살 수 있다고 주문한다.

제주의 변덕스러운 날씨 중에서 가장 곤혹스러운 것은 역시 태풍의 출몰이다. ④에서 감귤나무가 태풍이 불어도 꺾어지지 않고 대지에 깊이 뿌리를 박고 서 있는 것처럼 사람도 가정에서나 직장에서나 집단에서 고난이 닥쳐도 끈질기게 극복해야 한다는 인내력을 강조한 것으로 볼 수도 있다. 화자는 태풍이 불어도 제주 사람들과 감귤나무는 끈질기게 살아남았기에 태풍의 존재를 부정적으로만 생각하지 않는다. 가끔은 "태풍이 불어서 바다가 뒤집어져야 바다 풍

년이 든다"고 말한다. 그러면서 "태풍 불어서 세상 뒤집어
져야" 사람들도 "정신 차린다"고 인간 세상의 또 다른 의미
를 포착해내고 있다. 그리고 제주의 겨울 날씨와 관련된 시
로는 「추워도」가 있는데 만물이 얼어붙고 위축되는 "겨울
에 추워도 청청하고 싱싱해서 이겨야 한다"고 사람들에게
용기를 북돋워 주기도 한다. 그리고 겨울의 대나무나 소나
무처럼 제주의 사람들도 그런 상황을 극복해야 한다고 조
언한다.

## 2. 제주 문화를 형성하면서 터득한 지혜들

①

옛날에는 너무나 가난해서 절약저축 하면서 살아왔네
꿩 때려난 몽둥이도 딸려서 먹고 나무껍질도 벗겨 다 먹었다
요새 아이들은 세상 귀천 몰라서 맛 좋은 것만 내놓으라고 한다
각종 재난 많이 생겨 가면 옛날로 돌아갈 것 담다
언제 까지나 자기 마음대로 살지 못한다

옛날에는 너무나 가난해서 절약저축하면서 살아 왔네
들에 쑥 해다가 삶아서 먹고 돼지 하나로 이레 잔치해였다
요새 사람들은 세상 귀천 몰라서 먹다가 싫으면 던져버린다
사람들이 환경오염 시켜서 험악한 세상 만들고 있다
언제 까지나 자기 마음대로 살지 못한다

- 「절약 저축하면서 살아왔다」 전문

②

사람들은 남의 말 말하기 좋다고 소처럼 일하고 있네
개처럼 사냥을 다니고 있어라 한다
남이랑 소라고 말하고 개라고 말해도 자기 할 만큼 하라
남의 말 듣다가 보면 친구 쫓아 강남 가고
남의 생각대로 하다 보면 남의 종 된다
남이 아무거라고 말해도 자기 할 만큼 하라

사람들은 남이 말하기 좋다고 소처럼 일하고 있네
새처럼 날아다니고 있어라 한다
남이랑 새라고 말하고 거북이라고 말해도 할 만큼 하라
남의 말 듣다가 보면 지붕 위에 올라간다
남의 말 대로 하다 보면 남의 사람 된다
남이 아무거라고 말해도 자기 할 만큼 하라

- 「소라고 말하고 개라고 말해도」 전문

③

제주말 하면 세계 모든 나라말 다 잘해진다
제주말은 고 음과 슬 음이 있어서 못하는 말이 없다
그러니까 제주 말을 사투리라고 하지 말고서 열심히 하라
제주말 하면 제주 섬놈이라고 해서 나무라지 마는
이제는 옛날 표준어 지키는 양반이라고 한다
제주말은 한국에서 옛날 표준어라고 자부심 가지라

제주말 하면 세계 모든 나라말 다 잘해진다
제주말은 음이 이천사백 개나 많으니 못하는 말이 없나
그러니까 세계 어느 나라 말도 못 하는 말이 없다고 하더라

제주말을 하면 제주 촌놈이라고 해서 나무라지 말라
세계 어느 나라 말도 잘하는 양반이라고 한다
제주 말은 세계에서 말 잘하는 표범이라고 자부심 가지라

- 「제주말 말해야 한다」 전문

④

자기만 살려고 산으로 오르면 살아질 거냐
사람은 사회적 동물이라서 함께 같이 살아야 하지요
동물들도 끼리끼리 모여서 살아가는데
사람들도 모여들어서 협동하며 살아가야지요
서로서로 친하면서 협심해서 살아야지요

자기만 살려고 산으로 오르면 살아질 거냐
사람은 문화적 동물이라서 서로 배우면서 살아가세
풀잎도 끼리끼리 모여서 살아가는데
사람들도 모여들어서 협동하면서 살아가야지요
서로서로 친하면서 협심하면서 살아가세

- 「자기만 살려고」 전문

척박한 제주의 자연환경을 개척하면서 살아오는 동안
제주인들은 개인적으로 정립해야 할 신념과 공동체가 함께
이뤄가야 할 덕목들을 따로 분리해서 생각하게 되었다. 먼
저 개인적인 생각과 신념들에 대해서는 ①에서 모든 상황
이 어려운 시절에는 "절약저축"만이 살 길이었고 먹을 것
이 귀해서 "나무껍질"까지도 벗겨서 먹으며 생계를 유지했

다. 그러나 요즘 사람들은 먹을 것이 넘쳐나는 세상에 살고 있어서 맛있는 음식만을 탐하고 먹다 남은 음식을 버려서 환경오염까지 시키고 있다. 그만큼 제주인들의 지독한 절약 정신은 시간이 흐를수록 점점 느슨해지고 있으며 이대로 가다가는 언제 다시 어려움에 처할지 모르니 모두 경각심을 가져야 한다고 말하고 있다. ②에서 제주인들의 주체적이고 독립적인 생각을 엿볼 수가 있는데 주변 사람들이 자신을 실제의 모습과 다르게 평가해도 그 말에 휘둘리지 말고 제 할 일만 잘 해내면 된다고 말한다. 주변 사람들의 말에 따라 행동하다 보면 자신의 일도 제대로 하지 못하고 "남의 종"이 될 가능성이 높기 때문이다.

다음으로 공동체가 함께 이뤄가야 할 덕목에서는 제주인들이 독특한 생활 문화에 따라 제주어를 사용하였고 그것은 지금까지도 이어져 오며 제주인들의 자긍심이 되어 공동체를 결속시키는 역할을 하였다. ③에서 제주말은 "고음과 슬 음이 있어서 못하는 말이 없"고 "음이 이천사백 개나 많으니 못하는 말이 없"다고 한다. 즉 제주어를 사용하면 음과 어휘가 많이 늘어나기 때문에 세계 어느 나라 언어에도 잘 적응할 수 있고 빨리 정확하게 구사할 수 있게 되기에 제주어 하기를 소홀히 하지 말아야 함을 강조하고 있다. 그리고 예전에는 제주말 하면 "제주 촌놈이라고" 해서 무시했지만 지금은 "옛날 표준어 지키는 양반"이라고 한다. 그만큼 제주어의 위상이 높아졌고 제주인들의 외국어 구사 능력도 인정을 받게 되었다. 제주어는 제주인들이 꾸준히 사용하여 공동체 의식을 높이고 자부심을 갖게 하여 섬의 지리적인 한계에서 벗어날 수 있었다.

예로부터 제주인들에게 공동체 의식은 매우 중요한 것으로서 지리적이거나 환경적인 제한으로 인해서 닥쳐오는 모든 어려움을 공동체 안에서 해결하고자 하는 경향을 보여왔다. 그래서 개인주의적인 성향을 질타하고 공동체 의식의 함양을 독려함으로써 모든 풍파와 어려움을 극복하는 근본으로 삼았다. ④에서 산으로 오른다는 것은 높은 곳으로만 오르려고 하는 인간의 본성을 표현한 것으로서 높이 오르려고만 하지 말고 이웃과 더불어서 오손도손 살아가라는 의미를 갖는다. 만물의 영장인 사람이 풀잎이나 동물보다 못해서는 안 된다는 것을 강조한 교훈적인 암시가 있는 민요이다.

서로 뭉치지 않으면 흩어지고 죽는 것이 예사였기에 공동체 의식을 바탕으로 결속하려는 의지는 어쩌면 자연스러운 것일지도 모른다. 그러다 보면 자연스럽게 끼리끼리 문화가 형성되기도 하는데 「편이 많아야」에서는 "자기를 도와주는 편이 많아야 잘 되"고 자기 편은 "혈육"이 가장 좋으며 그들이 번성해서 자기와 합심해서 한 편이 될 때 더 잘 살아갈 수 있다고 조언한다. 그러다 보면 그것이 잘못된 길로 빠져서 가끔은 텃새가 되기도 한다고 지적한다. 「텃세」에서 "텃세 부리다 보면 신용도 날아 나고 재산도 날아"가고 "집단폭력 당하고 손가락질 당"하는 결말을 맞을 수도 있다. 즉 제주인들은 "외톨이"가 되는 것을 경계하면서도 "텃새"로 끼리끼리 뭉치는 것도 경계했음을 알 수가 있다.

이번에 출간되는 오안일 시인의 『제주어에 의한 제주창작민요집』은 기존의 민요적 특징을 그대로 이어가면서 제주인의 삶과 지혜가 풍성하게 담겨있다는 측면에서 개성을 확보하고 있다. 민요가 언술적인 면에서 주체성이 살아있고 주제가 무한하여 자유롭고 현실적인 비합리를 드러냄으로써 이를 극복하고자 하는 의지를 갖는다고 할 때 척박한 땅을 일구며 살아온 제주인들이 환경을 극복하고 공동체 의식 속에서 오랜 세월 획득한 지혜를 후대에 전승하여 도덕적인 교훈을 줄 수 있다는 점에서 알레고리가 작동하고 있음을 알 수가 있다.

첫째, 제주의 척박한 환경을 이겨내고 일궈낸 삶의 성과들에서 개인이 생존을 위해서 노력하고 삶을 일구는 모습에서 비극적이거나 해학적인 면이 표출되고 있다. 그리고 삶을 살아가면서 요행을 바라지 말아야 한다는 의도에서 쓴 한라산 관련 시들은 알레고리가 직접적으로 드러나고 있다. 나아가 태풍과 눈이 잦은 겨울에도 제주인의 삶의 의지와 정신력은 강하게 살아있어야 한다는 교훈적인 내용에서도 알레고리가 직접 표출되고 있다.

둘째, 제주 문화를 형성하면서 터득한 지혜에서 척박한 자연환경을 개척하면서 살아온 제주인들이 개인적으로 정립해야 할 신념과 공동체가 함께 이뤄야 할 덕목들을 따로 분리해서 생각하고 있음을 알 수 있었다. 먼저 개인적인 생각과 신념들에 대해서는 과거의 상황과 현재의 상황의 대비를 통해서 현실 인식에 경각심을 부여하면서 후대들에게 전할 교훈적인 면을 직접적으로 드러내고 있다. 다음으로 공동체 의식을 통해 제주인들을 결속시키는 역할을 해온 대표적인 것으로 제주어를 꼽고 있는데 과거와 현재의 상황이 역전되면서 현재는 제주어에 대해 자부심을 가져도 좋다고 평가한다. 그리고 제주에서는 자기 편을 만드는 것이 중요하지만 그 때문에 생기는 텃새는 경계해야 한다고 본다. 여기에서도 공동체 의식과 관련해서 제주인들만의 특정한 집단의식을 이어가야 하지만 자기들끼리만 인정하고 뭉치는 텃새 의식과 지역주의는 타파해야 한다는 의견을 피력하고 있다. 개인적인 신념을 넘어서 공동체 의식을 지향할수록 도덕성이라든가 교훈적인 측면은 더 강화되는 경향을 보이고 있다.

오안일 시인의 『제주어에 의한 제주창작민요집』은 제주어와 표준어를 함께 적어서 모든 사람이 다 쉽게 이해할 수 있게 하였고 1절과 2절의 운율을 맞춰서 곡을 붙이기 좋게 하여 가사로써의 역할도 고려하고 있다. 그 내용을 들여다 보면 개인적인 측면에서 어떤 생각과 사고로 행동할 때 남들과 어우러져 잘 살아갈 수 있는지 알 수가 있다. 그리고 개인을 넘어서 공동체와 집단, 사회제도가 어떨 때 민중이 편안하게 잘 살아갈 수 있는지가 분명하게 보인다. 즉 개인의 삶으로부터 공동체와 집단의 안녕에 이르기까지 골고루 적용할 수 있는 지혜들이 차고 넘친다. 이것은 오안일 시인이 한평생을 살아오면서 경험하고, 깨우친 것들을 후대에 의미 있게 전하고자 하는 의도에서 집필한 것이기에 솔직하고 이치에 맞는 해법을 제시했기 때문일 것이다. 하지만 아쉽게도 여기에 싣지 못한 많은 삶의 지혜들이 남아있다. 이번 제주 창작민요집에 이어서 또 다른 연작들이 계속 나올 수 있겠다는 생각이 들기도 한다. 앞으로도 더 의미 있는 작업을 통해서 현 세대와 후대들에게 공감을 얻을 수 있는 창작 민요집들이 계속 쓰여지기를 기대해본다.